Para español, pulse 2

SARA CORDÓN

Para español, pulse 2

Edición a cargo de Mercedes Cebrián

Primera edición: junio de 2018

© 2018, Sara Cordón
© 2018, Penguin Random House Grupo Editorial, S.A.U.
Travessera de Gràcia, 47-49. 08021 Barcelona

Carlos V es una marca registrada de Société des Produits Nestlé, S.A.
Dicha empresa no ha participado en la edición de esta obra, aunque conoce la mención
y reproducción de su marca y la ha autorizado.

Jabón Hispano es una marca registrada de César Iglesias, S.A.
Dicha empresa no ha participado en la edición de esta obra, aunque conoce la mención
y reproducción de su marca y la ha autorizado.

Printed in Spain – Impreso en España

ISBN: 978-84-15451-96-9
Depósito legal: B-6.499-2018

Compuesto en Pleca Digital, S.L.U.
Impreso en Reinbook Serveis Gràfics, S. L. (Polinyà, Barcelona)

CT 51969

Penguin
Random House
Grupo Editorial

Media beca

Sara baja la altura de la silla porque Peralta tiene la manía de adaptarla a su tamaño. Una vez acomodada, comienza su jornada como recepcionista en una escuela de escritura creativa siuada en la calle Leganitos.

Desde que regresó de Italia, donde terminó la carrera gracias a una beca Erasmus, su perímetro de acción discurre entre el cuarto que alquila en la zona de Usera y la escuela en la que trabaja. A esta existencia limitada hay que añadir las cenas semanales en casa de su familia, además de la aventura que le supone algún viaje en tren de cercanías a su universidad, donde está sacándose la suficiencia investigadora de un doctorado en literatura. Sin embargo, desde anoche algo ha cambiado. Peralta le nota un vigor raro y se sorprende de verla así; con las manos sudorosas en horas laborales, más concentrada que nunca, venga a arrastrar el ratón por la alfombrilla.

—¿Qué coño haces, loca?

—Trabajar.

Pero aunque Sara está tras el mostrador, no llama a los alumnos morosos para reclamarles la mensualidad ni responde los emails de la gente que pide información sobre la escuela. Tampoco está cumpliendo con los deberes que le ha asignado el jefe ni repartiéndose las tareas con Peralta.

Anoche, en el barrio de Cuatro Caminos, cerca de la calle con nombre de general franquista en la que vive su familia, Sara asistió sin querer a la inauguración de Villa Abundancia, una iglesia que se anuncia con citas en la fachada: «Elige un trabajo que te guste y no tendrás que trabajar ni un día de tu vida (Confucio)». «Desplieguen las alas (Isaías 40,31).» No entiende qué tipo de religión será esa que mezcla proverbios confucianos con versículos católicos pero el caso es que Sara hizo algo que llevaba años sin permitirse: sentarse en un banco y dejar pasar el tiempo. Miró los coches que subían por Bravo Murillo, miró también las palomas, tan grises y tan feas, moviendo el buche hacia delante y hacia atrás. Terminó comprobando todo lo que ha cambiado Cuatro Caminos desde que se ha convertido en uno de los epicentros de la latinoamericanidad madrileña. Su familia la esperaba con la cena lista, pero decidió quedarse allí un rato. Ahora siente que le han crecido alas.

—Joder, pues hoy te veo espídica —insiste Peralta—. ¿Me vas a decir que para registrar alumnos necesitas tener quince ventanas abiertas en el navegador?

Por no irse a casa a mediodía y regresar a la escuela de escritura dos horas después, Sara come casi siempre de táper en el almacén. Luego se vuelve a sentar en la recepción, detrás del ordenador. No importa que esté el jefe, ella aprovecha ese tiempo para dar un poco de charla a los profesores que entran o salen y que, más que profesores, son escritores reconocidos.

Ese día llega Alejandro Zambra a impartir un taller intensivo sobre novela breve. Parece amable, con un poco de grasa en el pelo. Antes de que entre en el aula, Sara le imprime su lista de alumnos y le da un rotulador sin estrenar para que escriba a gusto en el pizarrón. «Treinta alumnos, lo has llenado.» Eso le dice, tomándose confianzas. Al verlo titubeando, respondiendo «sssí, grasssiah» con las dos primeras *eses* chilenas tan silbantes y una última aspirada, le dan ganas de agarrarlo del brazo y llevárselo al almacén. Nada demasiado erótico; simplemente convidarle a las dos albóndigas y a los colines que le han sobrado del almuerzo. Está segura de que, bien comido, será más receptivo. Entonces podrá preguntarle lo que siempre quiso saber: «¿Cómo lo haces, Alejandro? ¿Cómo lo haces para escribir como si nada esas cosas bonitas y sencillas? Ese verso que me gusta tanto de "mañana hablaremos del mar / mañana cambiaremos el lugar / de esa ventana", que de primeras parece bobo pero luego no lo es. ¿Cómo te las apañas para ser literariamente agradable, un poco innovador y un poco guay pero sin pasarte, para que todos te queramos cuando te leemos?».

Sara está dispuesta a limpiarle la boca con papel de cocina y darle las gracias por sus libros: «gracccias», con una *ce* y una *ese* final muy castellanas. Pero no hace nada de eso. Sólo lo trata con una camaradería excesiva y nunca sabrá si, tras un encuentro con él en el almacén, Zambra se hubiera ido con un poco más de convicción a impartir su clase.

—¿Cómo que clases? Ta-lle-res. Que llevas aquí ya tres años —sale a decir el jefe.

—¿Qué?

—Y le has hablado a Zambra de «alumnos». Eso nos deja fatal. Ellos no son profesores ni tienen alumnos, ergo todos son...

—Talleristas.

—Ta-lle-ris-tas. Y precisamente eso es lo que nos diferencia de otros lugares: que nosotros no enseñamos a escribir, no creemos en esa falacia que venden los demás de que el talento del escritor es enseñable. Nosotros ayudamos a desarrollar la creatividad porque ésta debería ser un pilar fundamental en la formación de una persona. Algo que se ha descuidado enormemente en este país, una carencia que suplimos porque los planes de estudio españoles nunca se han encargado de eso.

—Sí...

—Venga, mujer, y no me respondas con tanto servilismo. ¡Que aquí no hay jerarquías!

Sara ve cómo Peralta se ríe mientras el jefe vuelve al despacho cargado de hombros. El jefe siempre usa ropa holgada: camisa blanca, pantalón negro y zapatones. No queda claro si es estilo maoísta o si trata de parecer un maestro de pueblo de cuando la Segunda República. Lo que sí es seguro es que extraña aquellos años en que pasaba el tiempo leyendo libros políticos por placer.

Sara regresa a su puesto de trabajo tras el mostrador. Apura a un alumno rezagado diciéndole que el tallerista ya está dentro.

—¿Quién?

—El tallerista.

Luego ordena la transferencia a nombre de Alejandro Zambra. Calcula cuánto se está embolsando la escuela y lo que el chileno gana por hora, haciendo algo tan agradecido como hablar de su proceso de escritura.

—Con treinta alumnos ahí metidos durante dos horas, vas a ver cómo en breve hay crisis de papel de culo —le dice Peralta.

Sortean a quién de los dos le toca bajar a comprar el jabón de manos, el ambientador y el papel higiénico para la escuela.

Le toca a Peralta.

Se lo dice a la abuela. No que han abierto una iglesia muy rara en Cuatro Caminos ni que ha conocido a uno de los escritores que más admira. Lo que le cuenta es que ha tomado una decisión: pedirá una beca para profesionalizarse como escritora: si hace lo que le gusta no tendrá que trabajar ni un día de su vida.

—Y, oyes, Saruquera, ¿tú estás segura de que eso de «escritor profesional» es una colocación?

La abuela, que siempre la ha llamado Saruquera, la mira por encima de las gafas. Sara le da un beso en la cabeza. A menudo extraña sentir a la abuela cerca y salir de la casa familiar con restos de laca Nelly en los labios.

El jefe pasa varias semanas diciendo que necesita encontrar con urgencia profesores para los cursos de verano y, en cambio, a Sara, que siempre está tan disponible, no le deja impartir ninguno.

—Yo sé que escribiste las novelitas esas para niños y, bueno, te doy la razón en que has tomado muchos talleres aquí y conoces la dinámica, pero lo que buscamos son autores de impacto.

Entonces ella le pide permiso para faltar la mañana del miércoles y, como sabe que el jefe nunca pasó del bachiller, le explica que va a defender su tesina del doc-to-ra-do. Espera una reacción. Confía en que su tenacidad como estudiante de lingüística y literatura le reporte algún tipo de valía, al menos a ojos del jefe.

—Sin problemas, se lo dices a Peralta y que ese día no se vaya a comer hasta que vuelvas.

Su padre se pincha su dosis de insulina. Insiste en que está perfectamente y quiere acompañarla en el tren de cercanías hasta su universidad. Dice que la esperará fuera del aula para, una vez con el diploma de suficiencia investigadora en la mano, «agasajar al director como es debido».

Tres botellines y unas raciones de mejillones después, el director se anima. Empieza echando pestes sobre el sistema educativo español. Tomándose el licor de hierbas, confiesa que, tras dos años y medio como adjunto, sigue cobrando seiscientos noventa euros al mes y no tiene contrato fijo aunque, por suerte, se lo renuevan periódicamente. Cuando la cuenta está pagada y se disponen a salir del restaurante, deja entrever que el diploma que Sara ha recibido no le servirá para investigar nada. Ni con suficiencia ni con insuficiencia. Sugiere, por lo tanto, que en vez de acabar el doctorado se dedique a otra cosa.

Sara y su padre regresan en el tren de cercanías y al llegar a Atocha Renfe se despiden.

—Gracias por acompañarme, papá.

—Qué cosas tienes, enano.

Trata de peinarla un poco. Sólo por sentir que de esta forma le arregla algo. Le da una palmadita en el hombro. Sus padres siempre la han llamado enano. Así, en masculino.

Sara coge el metro para llegar al trabajo antes de que empiecen los talleres de la tarde.

Ya es abril. Amanece a las ocho de la mañana. Los gorriones cantan y, al reiterado comentario de lo buena que sabe el agua del grifo, los madrileños incorporan el de lo luminosa que es la ciudad. «¡Ay, el cielo de Madrid!» El metro es cómodo y eficiente pero va hasta arriba; el repartidor ecuatoriano de publicidades de Se Compra Oro empapela a los viandantes mientras tararea una canción de Paulina Rubio que dice algo de un mango madurito; hay olor a café y a bollería en las calles; también hay taxistas que, a pesar del atasco, cuentan chistes a sus clientes; la gente conversa en la fila que se ha formado a las puertas del INEM de la calle del Pico de Almanzor; circulan whatsapps para tomar una caña poslaboral y, al mismo tiempo, caminan por las calles niños con uniforme —casi todos de origen latinoamericano— que cargan kilos a la espalda porque les parece que llevar mochila con ruedas es de niñas. Un par de horas después, les dan el relevo los abueletes de Chamberí que toman el aire acompañados por sus cuidadores con la alegría de saber que se acerca el fin de semana y entonces quienes los pasearán serán sus hijos, que a su vez van ya para abueletes. Todos ellos —abuelos y casi abuelos— se alegran de estar viviendo su tercera edad en una ciudad como Madrid que les permitirá morirse recibiendo una jubilación modesta tirando a precaria, comiendo pipas al sol en un banco. A esa hora llega Peralta a la escuela. Mira como suele hacerlo él, por encima del hombro.

—¿Cómo has amanecido, Sara?

Al igual que siempre, se limpia las zapatillas en el felpudo y cierra dando un portazo. Esta vez no se coloca detrás del mostrador; va directo al despacho del jefe, suelta su mochila sobre su mesa y le dice que viene a renunciar.

—He conseguido una beca en una universidad americana, así que me largo. Como mi contrato es por obra o servicio, el servicio termina hoy —lo dice tranquilo; Peralta está tan acostumbrado a mandar gente a la mierda como a que lo manden a él.

No ha cerrado la puerta del despacho y Sara lo oye. Al darse cuenta de que su compañero se ha estado fijando con demasiado interés en las ventanitas que ella abría cada día en el navegador, siente tres emociones encontradas: envidia (mucha), frustración (por no haberse atrevido, como él, a solicitar la dichosa beca americana para escritores) y esperanza («si él puede, ¿por qué yo no?»).

Peralta no empieza en la universidad hasta finales de agosto, pero se niega a trabajar un día más. Se soba las barbas, que al principio se dejaba crecer sólo para ocultar las marcas de acné y que ahora lleva cada día más largas porque están de moda. Cuando se despiden, Sara se ofrece a firmar el paro por él desde una IP española para que Peralta pueda cobrar una prestación de desempleo desde Estados Unidos sin que le pillen. Él dice que no necesita nada de España.

—La beca está de puta madre.

Es un domingo de mayo. Son las nueve de la noche y en Madrid se celebra San Isidro. Sara ha dejado su casa de Usera para instalarse de nuevo en Cuatro Caminos porque los papeleos para solicitar la beca son caros y necesita ahorrar. Cena viendo el informativo de TVE1 en el televisor familiar, que todavía funciona con TDT: el Eurogrupo aprueba el rescate a Portugal; se sigue reconstruyendo la ciudad murciana de Lorca después del terremoto y la mayoría de los niños que iban a tomar la primera comunión se han quedado sin iglesia; se investiga si los elefantes, gracias a la sensibilidad de sus patas, podrían haber detectado, y por lo tanto alertado de, terremotos como el de Lorca o el de Japón que afectó a la central nuclear de Fukushima; los partidos políticos están en plena campaña electoral. Al mismo tiempo, se han celebrado cincuenta manifestaciones en toda España convocadas por el movimiento Democracia Real YA. El informativo no explica que a esas horas cientos de asistentes se sientan, se ponen de pie, enseñan unas pancartas, se cansan de enseñarlas y, tras enrollarlas y enfrentarse a la policía, instalan sus tiendas de campaña en la Puerta del Sol.

Sin saber por qué, Sara grita: «Papá, mira». Pero su padre está fumando en el baño, donde se esconde para no ahumar a la abuela y evitar dar mal ejemplo a su hija. «Mira, abuela.» Su abuela revisa que en el paquete de lentejas no le hayan colado alguna piedra. La noticia dura once segundos y Sara sigue cenando; mojando sus galletas Príncipe en leche. En Oriente Próximo trece personas han muerto en la conmemoración del exilio palestino; Dani Pedrosa se ha fracturado la clavícula; subirán de forma generalizada las temperaturas.

Al día siguiente, Sara entra en la web de la Metropolitan University of New York y rellena la solicitud para la beca. Durante los siguientes doce meses, esperar se transforma en aspirar.

Es mayo de 2012. Amanece para Sara, que ha pasado de ser toda espera a ser toda tránsito y coge el metro en Cuatro Caminos con dirección a la calle Leganitos. En la radio informan del alto nivel de concentración polínica de gramíneas; los parques de tierra para niños todavía están vacíos; los parques de tierra para perros, también; un muchacho hace fila en la comisaría de la calle de la Luna desde las 5.30 de la mañana porque necesita renovar el DNI para presentarlo el próximo mes en su examen de selectividad que ahora se llama PAU; hay mujeres que hoy no usan medias y que con una rebeca van bien. Quien no necesita ni medias ni rebeca es la señora rumana con un carro y un altavoz que, en un vagón de la línea 1 de metro, canta en un castellano como el de Los Panchos eso de «toda una vida me estaría contigo». Mientras, los búhos reales de la Casa de Campo cierran los ojos porque ha llegado su hora de dormir; en cambio Cristina e Isabel, propietarias del ruinoso bar CrisIs, idóneamente llamado con el acrónimo de sus nombres, entran y salen alarmadas de la cocina porque les huele a quemado. Tratando de contener su propio ardor, Sara entra en la escuela de escritura. Cierra la puerta con cuidado, se limpia las botas en el felpudo, va al baño, bebe a morro agua del grifo y, como necesita quitarse eso de encima cuanto antes, se dirige al despacho del jefe para explicarle que se ha ganado la beca americana para escritores. Eso le dice, sin matices. En realidad sólo le han dado media beca.

El jefe se palpa el pecho para comprobar si tiene bien abrochados los botones de su camisa blanca y cuestiona lo problemático de que, tras cuatro años de trabajo en el taller, Sara siga pensando que a escribir se aprende.

—Es lo que te vas a encontrar: las instituciones culturales, la oligarquía literaria y la titulitis. Pero, claro, vete, es comprensible. A tu edad querrás irte, aunque sea a que te den el diploma y a vivir experiencias en Nueva York; estás en la edad. Con Peralta. Porque es el mismo máster en español, ¿no? Sería mucho mejor que hicieras el que hay en inglés, ése sí que tiene buena reputación. Pero, bueno, hay que aprovechar las oportunidades que se presentan. Siempre te lo he dicho: cuentas con nosotros para lo que necesites. Y si quieres ser tallerista online para sacarte un dinero desde allí, me avisas. Eso sí, no te engañes, esos másters sólo sirven para el networking, para el título. Nada más.

Y Sara se va. Abriendo todas las ventanas que puede, al menos por airear. Es una paloma volando, con su media beca en el pico. Se marcha. A profesionalizarse como escritora porque en Estados Unidos los escritores se profesionalizan. Desde entonces, no ha sabido cómo compartir esta alegría suya con el resto de España.

Adiós, dije a la humilde choza mía. Adiós, Madrid.

MIGUEL DE CERVANTES

Acopio de tributos

Carlos V es la chocolatina que más se consume en México y desde hace casi dos décadas la fabrica y la comercializa Nestlé. El Carlos del envoltorio tiene melena castaña y una sonrisa agradable que, dada su posición de poder, no tendría por qué aparentar. ¿Será el rey un tipo risueño? ¿Podría ser ésa la sonrisa de la magnanimidad? Su expresión es sencilla; enmarcada en una barba recortada que deja limpios los pómulos, con dientes tan blancos que no pueden ser dientes sino fundas de porcelana a juego con el armiño que cubre su manto. ¿Será el monarca de naturaleza complaciente como ella?

Sara mira su Carlos V. Lo primero que se le ocurre es escribir algún relato crítico con las instituciones españolas. La profesora Selma les ha dicho que la literatura debe enjuiciar o subvertir de alguna forma, así que Sara va a cuestionar la monarquía. Ni el campechanismo de Juan Carlos ni la agradable presencia del heredero Felipe palían la ofensa que para sus profesores y compañeros suponen siglos de violencia colonial. Está decidida a meter cizaña contra los organismos culturales, políticos y académicos con algún tufillo neoimperialista. RAE, prepárate.

Baja la altura de su silla ergonómica y se acomoda en ella. Es una Aeron Chair, el Ferrari Testarossa de los escritores. Como Peralta consiguió la beca completa, le regaló a Sara su silla y se compró otra más fastuosa aún, con soporte lumbar. «La iba a tirar y luego pensé que ahí sentada ibas a escribir de la hostia.» Pero en vez de escribir, Sara se pasa la chocolatina de una mano a otra. Para no derretirla, la mete en el bolsillo del pijama. Luego la saca. Cuando ya está decidida a escribir algo que definitivamente va a gustar en su máster, le llega un mensaje al móvil: «Enano, cuand pueds avisme y t conectas a Skyp. Tenms gans d leer l q stas scribiend. Escribs alg d nsotrs? Bss». En su familia están ahora aprendiendo el lenguaje chat, aunque ya casi no se use.

Rueda con la silla hacia su escritorio, coge el vaso de leche recién salido del microondas y moja su Carlos V. Espera a que se le chocolatee la leche, bebe un sorbo. Sin poder remediarlo, evoca una galleta Príncipe. A falta de ella, moja de nuevo su Carlos V en la leche estadounidense, siempre fresca y embotellada, desconocedora de la capacidad para encapsular el tiempo de los tetrabriks europeos. Una leche que está muy rica y sin embargo no dura más de cuatro días.

«Enano, ests bien? Has vist mi mensj, lo se pq me saln ls 2 palomitas. Segur q no ncsits diner? Pedims 1 prestam si hce falta. Stams muy orgullss d t.» «Ahora no puedo. Estoy escribiendo.» «Muy bien. Scribe mux, q s l important. Ya hablarems.»

Pero Sara no está escribiendo; está masticando chocolate y contemplando la cara del monarca mientras piensa que Carlos V y el Príncipe de Beukelaer de las galletas Lu son, al igual que los miembros de casi todas las casas reales, parientes cercanos de sangre hemofílica. Mientras los mexicanos homenajean en sus chocolatinas el imperio donde no se ponía el sol, en España se comen galletas inspiradas en una monarquía belga inexistente. Y es que los españoles viven engañados: Beukelaer ni siquiera fue un príncipe sino el pastelero real que inventó el sándwich de galletas en la corte de Alberto I. El chocolate mojado en la perecedera leche norteamericana se le convierte en la boca en una pasta, en una Nocilla que es a su vez Nutella. Todos los caminos, aunque empiecen recubiertos por un chocolate azteca, le acaban llevando a Roma.

De Roma llegó hace nueve años Annalisa, su compañera de piso. También su gato gordo, Gigi Maria, que con ese nombre podría ser un gigoló católico o una vedette. Sara aterrizó hace sólo dos meses. Cargando con una maleta de veintitrés kilos, otra de cabina, una mochila y una riñonera. A mitad de agosto y hecha una sopa, «bagnata come un pulcino, in pieno Ferragosto», le dijo la enorme Annalisa, que, tras abrirle la puerta, la miró con su cara habitual: una mezcla de compasión y de asco. «Ma sei europea, vero?» Y Sara no sólo era europea sino mediterránea y sonriente, porque para eso llevó ortodoncia durante cinco años y un expansor de paladar. Con botas, jersey negro y doble par de pantalón. A noventa y seis grados Fahrenheit, con una humedad del ochenta por ciento. Exultante tras haber conseguido transportar tal cantidad de posesiones de un continente a otro sin que Iberia le cobrara exceso de equipaje.

A Annalisa nada le repugna más que el sudor, que le digan aquello de que es una mujerona y tocar dólares directamente con las manos (sabe que cada billete tiene más gérmenes que el inodoro). Por eso le explicó que si la acompañaba unas calles más arriba y le entregaba ella misma al casero la fianza más el mes corriente en efectivo, el cuarto era suyo. 1.325 dólares mensuales con todos los gastos e internet incluidos. En semejante zona de Manhattan. Se lo alquilaba a ella porque las americanas son unas guarras «e, quindi, solo voglio coinquiline europee».

Sara se desplaza en su silla, mirando desde la ventana de su cuarto las piscinas del John Jay Park, la FDR Drive y el edificio de enfrente, el Cherokee: de un ladrillo casi tan blanco como las fundas de porcelana de Carlos V. Con sus escaleras de incendio y sus remates en verde. Ayer, cuando iba con su bolsón de ropa sucia de camino a la lavandería, se asomó a la verja y descubrió que en el interior del Cherokee no sólo tienen zona de lavado sino además cuartito para guardar las bicicletas. Confort. Luminosidad. Así son muchas de las casas de Yorkville, la zona más modesta del inmodesto Upper East Side.

Vacila en su intento de ser una escritora subversiva.

Ya se lo advirtió uno de los argentinos de su clase a los que sus compañeros apodan «los Illuminati»: «Pero ¿qué te pensás?, ¿qué vas a poder escribir viviendo allá? ¿Vas a contar cómo un portero negro recibe a unos yanquis chetos con un paragüitas para que no se les mojen las pieles cuando se bajan de sus BM?». Gracias a él Sara descubrió que entre los escritores resulta esencial mostrar una imagen devaluada de la propia calidad de vida. El Upper East

Side está demasiado connotado como barrio pijo y no es guay como Brooklyn, donde viven por un precio similar el resto de sus compañeros. También aprendió que en Argentina no se dice «be eme uve»; se dice únicamente «be eme».

Catorce alumnos fueron aceptados en el máster de escritura creativa en español de la Metropolitan University of New York. Doce ya habían publicado libros. Siete de ellos, en editoriales conocidas. «Bueno, mi nombre es Haniel, vengo de Cuba. Yo me gané el premio nacional hace siete años y estoy escribiendo ahora mi tercera novela.» «Soy María Eugenia, de Chile. Desde el año 2000 he viajado por diferentes lugares de Latinoamérica para tomar talleres con Mario Levrero, Cristina Rivera Garza, Martín Caparrós, Juan Villoro y Mario Bellatin. Ahora quiero armar un libro con los textos que he estado escribiendo desde entonces.» «Me llamo Alfonso y me dicen Poncho.» «Martín Márquez, chileno, interesado en identidades LGTB e indigenismo.» «Linda, soy venezolana. Me exilié a la Florida hace unos años. He trabajado como ayudante en diferentes organizaciones y creo que la escritura puede ser una forma de dar voz a quienes no la tienen.» «Como pueden deducir soy argentino.

Soy doctor en letras y director de la editorial Quebranto. En lo relativo a mi literatura, me he centrado en el estudio de las teorías de la recepción y ahora trabajo desde la perspectiva de los *affect studies*.» «Soy Gladys, de acá, de Nueva York, aunque mi familia proviene del Perú y antes, de Italia. Publiqué un libro de relatos en inglés pero decidí pasarme a la escritura en español porque es mi lengua materna y aquella con la que mantengo más vínculos emocionales. Ah, tengo un hijo de dos años; Tobi. Se lo traeré para que lo conozcan.»

Durante los dos años que dura el máster, los alumnos deberán escribir un proyecto que será evaluado en los talleres que imparten los profesores Selma y Mariano. Además, un estudiante será elegido para publicar su libro en una editorial española.

—Se me ha olvidado decirlo en la presentación pero yo publiqué unos libros en España —explicó Sara ya fuera de clase, en un intento de que sus compañeros no la hicieran de menos.

—*La Cleopatra maravillosa*, ¿no?

A su pesar, la habían googleado.

Antes de comenzar a trabajar en la escuela de escritura creativa, Sara escribió por encargo siete novelitas basadas en biografías de personajes históricos para una editorial juvenil. ¿Qué diría de ellas la profesora Selma? Libros moralizantes, llenos de tópicos, protagonistas planos, que no revelan nada, tratamiento superficial, poco respeto hacia la inteligencia joven...

—*Cleopatra la divina.*

Además de la silla, Peralta le regaló tres consejos: «Lo primero de todo, vas a tener que acostumbrarte a los sudacas pijos; en muchos países de Latinoamérica las universidades son carísimas, así que la mayor parte de tus compañeros van a estar forrados, hablarán varios idiomas, habrán viajado por todo el mundo, sabrán cantar, bailar, pintar y recitar gilipolleces. Segundo: a tu alrededor van a pulular mendigos todo el puto día; bienvenida al capitalismo en bruto y al estado del malestar. Tercero: ponte a escribir, no seas idiota. No te vas a volver a ver en otra como ésta».

Peralta y ella son los únicos alumnos no hispanoamericanos de su máster. Por eso los compañeros bromean: «Zomos ezpañolez, hoztia». También exageran con chiflidos lo apicoalveolar de sus *eses* castellanas. A pesar de sus esfuerzos, resulta patente el resentimiento que sus compañeros sienten por el imperialismo editorial peninsular. De todas formas los miércoles, cuando después del taller de la profesora Selma bajan a tomar algo al Peculier, Sara intensifica su conversación y sus sonrisas con Poncho, el compañero mexicano, y le acaba insinuando que debería darle algún Carlos V más de ese bolsón que trajo de su país. Poncho primero se ríe y, al ver que no se trata de una broma, le responde que es «bien abusona». Aun así, al día siguiente, durante la clase del profesor Mariano, le pasa dos chocolatinas por debajo de la mesa.

No importa que Sara haya encontrado ciertas hostilidades en tierras de ultramar. Está en Nueva York, escribiendo, o casi. Aprendiendo, poco a poco, a cobrar ese tributo real que, dada su españolidad, al parecer merece.

La suerte de los tontos

Poncho también tiene media beca. Es decir, algo de dinero pero insuficiente para vivir en una ciudad como ésa. Como hoy hay descuento, pasea con Sara por el zoológico. Hay un zoológico en cada uno de los cinco municipios de Nueva York y, aunque Annalisa aconsejó a Sara ir al del Bronx porque es el más bonito, ellos, sin saber cómo, han terminado en el de Queens.

—Qué grandes. ¿Son loros o qué? —pregunta ella.

—Acá dice «macaw». O sea, guacamayas.

—Ah, guacamayos.

—Guacamayas.

—Esos bichos son traicioneros —aclara Sara—. Mi padre tenía unos periquitos en casa y la perica fue picoteando en la cabeza al perico, cada día un poco, hasta que lo mató. Eran como estos dos, del mismo color: la perica como el verde y el perico como el azul. Iguales pero en pequeño.

—Mi vecino el Machuca tiene como ochenta en una

jaula. Si pasas por enfrente de la casa, algunos te dicen «culero».

—¿Ochenta guacamayos?

—¿Cómo va a tener ochenta guacamayas? Ochenta periquitos.

Ambos comparten una de las chocolatinas que Poncho trajo de México y, mientras mastican y pasean por el recorrido para visitantes acotado por una valla de madera, ella trata de memorizar la palabra «macaw». En realidad, «I'm sorry», «no problem» y «how much is it?» son las únicas frases inglesas que pronuncia al cabo del día. No le hace falta más. El español es en Nueva York el idioma de la subalternidad, pero, al mismo tiempo, el del poder más pedestre: el que se habla en las tiendas de barrio y en los restaurantes. El de la música reguetonera que se ha puesto de moda, con una estética caribeña sensual. Lo hablan los muchachos que se encargan del reparto a domicilio y las chinas de las manicuras a seis dólares que, por percibir unos sueldos tan bajos, han dejado de ser chinas para convertirse en latinas. Es además la lengua que puede evitar una discusión en el Bronx y que asegura la complicidad de la gran masa de trabajadores que vive del servicio al cliente. De todas formas, la incompetencia de Sara en el manejo del idioma predominante le hace admirar a Poncho. Ahora, por si acaso, ha aprendido a decir «macaw».

De una forma más prosaica, él también la admira a ella. Aunque el primer relato que Sara presentó al taller de narrativa que cursan con el profesor Mariano no resultó especialmente bueno —algo que no era ni un relato siquiera, sino más bien la historia de cómo solía ser su vida hasta que la Metropolitan University of New York le dio la media beca—, él valora que escriba de forma precisa y clara. Sin faltas de ortografía en sus peroratas llenas de expresiones castellanas. Lo cierto es que Poncho no sólo la admira, además la mira. De reojo. Le mira las botas grandes, los pantalones pitillo negros, las pulseras con tachuelas reminiscentes de una adolescencia heavy que a su edad resultan un poco ridículas, el pelo largo, sujeto con un pañuelo. De forma general, y como tiene los dientes muy bien colocados, le parece «que está buenona».

Poncho es moreno, cejijunto y gordo. Tiene, además, como muchos exluchadores, un poco de oreja de coliflor. Siempre fue alto y moreno. Las cejas se le fueron poblando durante la pubertad, la gordura es fruto de la vida sedentaria que ha llevado en los últimos cinco años y las orejas se le quedaron así a los dieciocho, tras diferentes traumatismos en los pabellones auriculares sufridos en campeonatos de lucha grecorromana. Quizá por contraste consigo mismo, le gusta que ella sea así, «chaparrita y flaca». Además le parece «chilo el arete que trae en la nariz».

—¿Dices que en España el profesor Mariano es bien famoso? En México es conocido pero no tan tan. A la que no se conoce ni de pedo es a la Selma. Nomás la conocen los que son bien mamones.

—Sí, Mariano es un escritor famoso desde finales de los ochenta. Tan famoso que cae mal. Por eso, yo creo; por estar hasta en la sopa.

—Pero si es muy buena onda. Se me hace chistoso, además, que vaya a todas partes en bicicleta y que no se rompa la cadera con lo viejito que está ya el señor. De sus libros, mi favorito es *Casus belli* —dice él, que en realidad no ha leído ningún libro del profesor Mariano pero recuerda haber visto en internet que ése es uno de sus títulos.

—Sí, y el mío —miente Sara, que sólo ha leído *El rejoneador ruso* hasta la mitad y ha visto la película que hicieron de su libro *Lunáticos* porque aparecía un actor famoso.

Siguen caminando. Frente a ellos hay varios tipos de loros, jabalíes, antílopes y un pudu que, según el cartel que tienen delante, es el tipo de cérvido más pequeño que existe. Sólo se detienen delante del oso andino. Entonces Sara se mete una onza de chocolate en la boca, guarda el envoltorio en el bolsillo del abrigo y se encarama sobre la valla de madera. Inclina el cuerpo hacia delante y pone el culo en pompa, tratando de conseguir un buen ángulo para sacar fotos con el móvil. Ya tiene casi treinta iguales. Todas del oso cabizbajo, comiéndose una calabaza. Quiere creer que el animal en algún momento hará algo extravagante, más digno de ser retratado. Pero el oso sigue comiendo y ella masticando chocolate y sacando fotos mientras hace equilibrio en la valla. Le resulta gracioso ese encuentro con la fauna latinoamericana entre tanto pájaro, tanto bisonte y tanto venado.

—¿Ya viste? Las becas perronas, las del banco Santander, se las ganaron María Eugenia y uno de los Illuminati. Y a Martín le está saliendo muy bien hacer la maestría: se sacó la Fulbright y la beca Chile; las dos. Linda está cobrando un sueldo porque la seleccionaron como asistente de los profesores... ¿Y tú? ¿Cómo vas a hacerle para vivir acá con media beca?

—Espera y ahora me cuentas —pide Sara.

No sólo porque le guste sentir que teniéndolo en suspenso ejerce cierto poder sobre él sino sobre todo porque le cuesta pensar en dos cosas a la vez.

Pero Poncho no espera y hace un repaso a las ayudas que han recibido sus compañeros del máster:

—Digo que Martín el chileno ya tiene dinero pa' aventar pa' arriba, uno de los Illuminati se sacó una beca Santander, la otra la tiene María Eugenia. A La Marica le dieron la *scholarship* Talent, Linda está de asistente de los profesores y Gladys tiene media beca, como tú y como yo, pero además un crédito gringo subsidiado para estudiantes. Yo acabo de solicitar el mismo crédito que ella por lo de que tengo la nacionalidad estadounidense. Seguramente me lo den este mes.

—¿Ah, sí? Qué bien.

—Sí, pero ¿tú? ¿Cómo le vas a hacer? ¿Te puede ayudar tu familia? Dijiste que tu papá fue dentista, ¿no? ¿Y tu mamá qué hace?

Sara se baja de la valla. Comprueba en la pantalla del móvil que el oso andino es poco fotogénico. Se frustra porque no podrá poner ninguna de esas fotos en Facebook y ya se le había ocurrido una frase muy divertida sobre el andinismo en Nueva York. Comienza a andar hacia los animales de granja.

—Yo espero que con los cursos online que estoy dando me llegue de momento.

Sara sigue trabajando para la escuela de escritura creativa de la calle Leganitos. Ahora, dado el prestigio que le confiere la media beca americana, ya no es recepcionista sino que imparte talleres por internet. A pesar de que gana su sueldo en euros, y el euro está un poco más alto que el dólar, es consciente de que, por muchos alumnos que tenga, efectivamente, no le va a llegar. Primero fueron Grecia, Irlanda, Portugal y los bancos españoles. La siguiente en necesitar un rescate va a ser ella y en su casa el horno ya no está para bollos. Pero de momento prefiere disfrutar de esa situación de privilegio y, en pocas palabras, hacerse la tonta.

Va a ser escritora profesional. Está decidida a acabar con la imagen de ñoñería que sus compañeros le atribuyen por los siete libros juveniles que escribió años atrás.

Poncho también publicó un libro de poemas infantiles en inglés con el que ganó bastante dinero. A cambio, lo estigmatizaron y ninguna editorial aceptó sus poemarios para adultos. Pese a que no le parecería mal conseguir cierto prestigio literario, lo que verdaderamente le atrae a Poncho es la vida bohemia y la posibilidad de que su oficio consista en «sentarse un rato cada día a escribir pendejadas». En ese sentido, él es menos ingenuo: mientras su vida sea económicamente desahogada y, en cierto modo, azarosa, no le molestaría trabajar como abogado, importador de frutas, empresario o guía turístico. Para él, el dinero, el sosiego y la alegría de vivir son lo más importante.

Sara pasa un rato mirando a las cabras y se imagina con intranquilidad cómo sería tener que volver a Cuatro Caminos sin acabar el máster por falta de dinero. O, peor aún, sin haber escrito nada interesante. Luego le pide a Poncho un dólar.

—Es para la máquina. Me parece que metes un dólar y sale comida para las cabras —dice señalando los dispensadores sobre los que aparece escrito «Goat feedings».

Nada más llegar a Nueva York, ambos experimentaron cierta inseguridad. Les asombró descubrir la altura intelectual de sus profesores y sus compañeros. Luego se dieron cuenta de que, cuando están juntos, ninguno de los dos se siente tan tonto. Por eso les gusta salir a pasear. Al uno con la otra y a la otra con el uno. A pesar del rubor.

Algunas veces Sara ha tenido la sensación de que él le gusta. Ha llegado a imaginarse aprovechando la comodidad de una de esas tardes en que trabajan en casa de él para promover algún tipo de erotismo. Pero lo cierto es que, a la hora de la verdad, teme perder el único amigo que tiene, renuncia a toda capacidad de agencia y prefiere que un *Deus ex machina* sea quien resuelva lo que vaya a pasar entre ellos.

Poncho la ve sonreír. La encuentra demasiado cándida, quizá hasta un poco «babosa». Se le ocurre someterla a una prueba para comprobar si no será una «de esas morras medio tontonas a las que se puede hacer pendeja con cualquier cosa».

—Ando pensando en que tal vez puedas conseguirte un sponsor. Como alguien que te patrocine y te dé dinero. Muchas empresas hacen esto en Estados Unidos. Déjame pensar, porque igual conozco alguna.

A Poncho le gusta presumir de que conoce el sistema estadounidense. A decir verdad, no sabe de ninguna empresa dispuesta a patrocinar a nadie. Mucho menos a una escritora hispana novel. Aquello del sponsor se le acaba de ocurrir, pero piensa que así, tan bien como lo ha dicho, ella se lo ha creído.

Sara hace fila para sacar comida para las cabras. Le ha tocado detrás de un niño muy feo con una gorra azul. Éste mete el dólar, gira la manivela y, como no le caben en la mano todas las bolas de pienso que salen, su padre corre a ayudarle.

Poncho se une a la fila.

—Míralo: culo veo, culo quiero.

—¿Cómo?

—Nada. Una cosa que decimos en España. Lo digo porque te has animado a dar de comer a las cabras.

—Ah, ya: *monkey see, monkey do*.

—¿El qué?

—Nada.

—Ah.

Una cabra se acerca a la valla. El niño feo está en brazos de su padre, al lado de Sara. Cada vez que la cabra intenta coger una de sus bolas de pienso, el niño cierra el puño, esconde la comida dentro y se ríe. Algunas veces, el animal se abalanza sobre su manita y consigue arrebatarle la bola antes de que el niño tenga tiempo de hacer su gracia.

—Ándale, dale tú también —le dice Poncho a Sara.

Ella no adquirió en Madrid la costumbre de tratar con cabras.

—Ándale.

Poncho deposita su mano regordeta en la espalda de Sara. Ella coge una de las bolas, se envalentona y, cuando ve que la cabra acerca la boca, cierra los ojos y la suelta. Al comprobar que sus dedos siguen enteros y que la cabra mastica, mira a Poncho y siente una alegría desmesurada.

El niño feo se queda sin pienso y empieza a llorar. El padre lo consuela. Poncho y Sara extienden sus manos y, desde los brazos del padre, el niño coge alternativamente bolitas del uno y de la otra y se las va dando con mucha alegría al animal.

Antes de marcharse, el niño les dice algo en inglés que Sara no termina de entender y les regala su gorra, que es azul y más fea incluso que él. Ellos se la prueban y, aunque a ninguno de los dos le cabe, se ríen como dos tontos. Les parece que están de suerte.

Evocaciones

La abuela cuelga el teléfono y grita el nombre del padre. El padre no responde. Esa mañana se marchó para reunirse con unos vecinos porque, al parecer, la iglesia que se abrió en Cuatro Caminos hace año y medio está causando problemas. La abuela se da cuenta de que está sola, tira a la basura el cartoncillo naranja que tiene en la mano y apunta «tarjeta de llamadas» en el pizarrón de la cocina, debajo de «pedir receta insulina».

Tras ponerse el chal de lana y deambular un rato por el pasillo, saca de la fresquera una tableta de chocolate, se dirige a la sala, se sienta en una de las sillas viejas apoyando los antebrazos sobre el cristal de metacrilato que cubre la mesa y enciende su radio-despertador-casete; un cacharro que debió de haber sido la vanguardia tecnológica de los ochenta.

Oye la voz infantil de su nieto cantando el himno del Atleti mientras el chocolate se le reblandece en la boca. Inmediatamente después, su nieta interrumpe la grabación del hermano para cantar «Fortunato Fortunato no es un perro ni es un gato».

Así la evoca su abuela cuando se le agota el saldo de su tarjeta de llamadas internacionales Jazzpanda y Madrid se ha puesto demasiado frío como para salir a comprar otra.

Furia Literaria

Al contrario de lo que suele ocurrir, a Peralta el chándal le confiere cierta prestancia y es consciente de ello. Su chaqueta retro con franjas laterales y dobladillo de canalé lo estilizan. Además, los pantalones cortos —apretados y marcadores— muestran sus piernas bien torneadas y no tan peludas como podría esperarse al ver su barba. Hoy Peralta está contento. Hay dos situaciones que normalmente contribuyen a su bienestar: esa en que siente que su superioridad intelectual se hace obvia y aquella en que le siguen la corriente. A pesar de que yendo al campo de fútbol se le ha volado su gorra de los Mets, todo se presenta favorable. A las nueve y media de la mañana ya puede aplaudirse el poder de convocatoria que ha demostrado con sólo enviar una cadena de emails: once del total de veintiocho estudiantes que cursan el máster —catorce alumnos del primer año y catorce que, como el propio Peralta, cursan el segundo— van llegando al césped artificial de los Chelsea Piers.

El motivo de esta reunión es el inminente inicio de la liga semestral intramuros de fútbol-fútbol, nada de fútbol americano. Hoy se decidirá qué jugadores van a integrar el equipo del máster, Furia Literaria. Y aunque los estudiantes del segundo año no se toman en serio el torneo, casi todos los novatos parecen dispuestos a participar.

Una pantalla publicitaria anuncia la disponibilidad de clases de gimnasia rítmica para niños en los Chelsea Piers. A lo lejos puede verse a los Illuminati, el grupo formado por dos chicas y tres chicos argentinos de autoestima envidiable, que fuman tabaco de liar y que, con la excusa del cigarro, pasan más tiempo flirteando en las puertas de los bares que escribiendo. Atraviesan con gafas de sol la calle Houston —que no se pronuncia *jiuston* sino *jauston*— en dirección oeste. Lo hacen sin pesar alguno por estar llegando tarde.

Más avanzadas que ellos y aspirando el olor a mar procedente del Hudson, aceleran el paso dos chicas: una es María Eugenia, chilena con atuendo bohemio, rizos recogidos en un peinado galliforme, y consciente de que, sin necesidad de darse aires, será capaz de mostrarle al mundo la precisión conmovedora de los cuentos que lleva escribiendo desde el año 2002 con la supervisión de algunos de los mejores narradores de Latinoamérica; la otra, apodada «La Marica», es una colombiana bellísima en tamaño miniatura: con sus botines de tacón apenas llega al metro y medio. Carga un abrigo largo negro y una mochila enorme a la espalda que la vuelven un poco Quasimodo. Da pasos cortos, como de chinita aristocrática con pies vendados, y le muestra en el móvil a María Eugenia la disparatada cifra que ha tenido que pagar —más bien, copagar— por una visita al alergólogo, a pesar de que gran parte de la consulta médica la cubrió el seguro que les provee la universidad. «Este país funciona *full* mal.» «Horrible.»

—Marica, María Eugenia, qué bueno que vinieron. ¿Harán de porristas? —pregunta Poncho.

—Ni llegaron las chiquillas y ya salió a relucir el heteropatriarcado.

Quien habla ahora es el chileno Martín Márquez. Delgado, castaño y con tórax erguido a modo de parapeto antidiscriminación, Martín siempre sabe encontrar discursos sensatos y palabras como «cishomonormatividad» que silencian a sus compañeros más patanes.

—A ver, Martín, coño, que lo que se dice equipadas para jugar al fútbol, las chicas no vienen...

Poncho, Víctor y Haniel visten ropa deportiva, pero Peralta es el único que, a pesar del frío, lleva medias, zapatillas de tacos y luce sus corvas. María Eugenia explica que en el email sólo ponía que se trataba de una reunión para ver el terreno de juego y calcular cuántos estaban interesados en entrar al equipo.

—Bueno, pues éste es el campo. Está de puta madre, ¿no? Decidme si alguna vez en vuestra vida habíais jugado con unas vistas así. Además, aquí no discriminamos: si hay chicas nos meten en una categoría del torneo; si no las hay entramos en la otra. Que estáis interesadas, pues venga, a demostrar habilidades y a inscribirse.

—Pueden estar tranquilas. El Peralta ni manda ni discrimina, aunque él sea quien elige a los jugadores, quien decide quién se va a la banca y quien capitanea el equipo —les dice Martín a La Marica y a María Eugenia.

Los Illuminati atraviesan la orilla del río. Pasan por donde están atracados los yates, entran en el recinto y suben las escaleras que los llevan al campo de fútbol situado en las alturas.

—Llegaron —dice Víctor disgustado.

Debido a las circunstancias de su país, una comunidad artística venezolana de élite se ha trasladado a Nueva York.

No obstante, a ojos de los Illuminati, sus compañeros venezolanos, Víctor y Linda, son sólo «chetos grasas», es decir, unos ricos ordinarios. Como Argentina cuenta con una potente industria editorial y unos índices de lectura elevados, a los Illuminati les molesta que las pocas editoriales y revistas literarias hispanas que hay en Nueva York sean venezolanas. Nos invisibilizaron estos pelotudos

Víctor, que tiene unos rizos negros a lo Bolaño en los años setenta, se los recoge en una coleta. Él tampoco puede evitar sentir desprecio por los Illuminati. A pesar de eso, trata de tener la fiesta en paz.

—Ya estamos todos, vamos a ver si hay madera para formar un equipazo.

Peralta aprovecha que sus compañeros están en círculo y les pasa la pelota mientras conversan. Poncho hace un gesto para que lo esperen y va a coger de su mochila un chocolate: «Energía», dice. «¿Sabés que Gladys me dijo que iba a votar a Romney? Me lo contó el otro día en el baño.» «Qué hija de la gran puta, para una de nosotros que puede votar.» «También me dijo que el año pasado le chupó la pija a Safran Foer. Parece que estaba viendo si hacía la maestría en castellano o en inglés y él la hizo entrar en el despacho para explicarle detalles del curso.» «Pucha, ¿y te dio permiso para que nos cuentes eso?» «Si es literatura, es de nuestro interés profesional.» «¡Además de que Gladys tiene un hijo!» «Decís tantas boludeces, Haniel: ¿la mina no va a poder chupar una pija porque sea madre?» «Lo que me llama la atención es que finalmente se haya anotado en la maestría en castellano, ¿no les parece?; la de inglés está rebién; tiene como mil becas más y enseñan Zadie Smith, Joyce Carol Oates, Anne Carson...» «Lo que es una locura es que en Nueva York haya una maestría en español. ¡Nadie lee en español acá!» «Fijo que la tenía maloliente.» «¿De qué hablás, Peralta?» «Pues de la polla del Safran Foer, coño, ¿no estábamos hablando de eso?» «La tiene hedionda con olor a queso podrío.» «O floja.» «Fijo que esa mamada espantó a Gladys y la envió de cabeza a la mediocridad de nuestra maestría.» «Pa mí la maestría está bien.» «Ay, por Dios, Haniel, si la comparás con la otra es una mierda.» «Oigan, ¿y qué más chismes saben?» «Yo ya les dije todo lo que sabía, ¿vos qué sabés, Marica?» «Al parecer, Linda le mete cachos al marido.» «Ésa es retrola.» «A mí me contaron que además es bulímica, ¿no la vieron, que se le marcan los huesos?» «No voy a permitir que hablen paja de Linda; ella es un amor, se cuida mucho y con su marido tiene una relación abierta, así que hace lo que le da la gana y bravo por ella.» «Qué cortarrollos, Víctor, coño, no te pongas así.» «¿La españoleta no se cogió a nadie? Otra que tiene cara de trola.» «Yo trabajaba con ella en España pero nunca salía por ahí. Es rara la tía. De familia facha y, para colmo, medio huérfana: se le murieron el padre y la abuela.» «Pero ¿ella no escribe del padre y la abuela?» «Mira qu'erí sapo, Peralta.» «Yo me senté al lado suyo en la biblioteca y se pasa todo el tiempo mirando páginas de Facebook de españoles que viven en Nueva York.» «Eso sí es *creepy* y no lo de Linda.» «Ella parece metalera, o dark... algo de eso, ¿no? Igual es chévere.» «No jodan, ¿será satánica para romperle las pelotas a su familia fachista?» «Seguro que la mina es facha como la familia y disimula.» «¿Vos le viste las uñas que tiene? De color morado.» «Parece la bruja de Blair...» «Yo creo que es de las tías que en cuanto despiertan sexualmente, se ponen más calientes que el cenicero de un bingo. Como Gladys; el otro día quería tutía conmigo. Estoy seguro, le vi las intenciones. Gladys sí tiene un polvazo.» «Aggg, ¿qué decís, loco? Si parece un trans.» «Al Mono Burgos se le parece, más bien.» «¡Y además tiene un hijo!» «Qué pesado erí con el hijo, Haniel.» «Qu'erí conchetumadre, Peralta. Ya te gustaría a ti culiarte a la Gladys.» «¿Les importaría, por favor, dejar de difamar a las compañeras?»

Con el regaño y el sacudimiento de cresta de María Eugenia se hace el silencio por unos segundos.

—Yo también soy gringo. Pero votaré por Obama —dice Poncho.

Tras diez minutos de peloteo, parece haberse conformado el nuevo equipo.

—Muy bien, pues ya estamos: si las chicas quieren, lo gestiono todo para que nos pongan en una categoría mixta. El próximo partido lo jugamos contra los alumnos de Liberal Arts; al mínimo roce que os hagan, hay que tirarse al suelo y hacer mucho teatro. Los yanquis son gilipollas y, jugando al fútbol, mucho más. No conciben la picaresca.

—Ajá.

—¿Entonces todo listo, barbudo?

—Barbuda tu madre. Apuntad ahí vuestros nombres y que Haniel mande hacer las camisetas. Si alguno tiene preferencia por algún número, que lo ponga. El diez ya está cogido.

—¿Por ti?

—Sí, por mí. ¿Pasa algo, María Eugenia?

—Peralta, qué modesto. Con el diez, igual que Messi,

Maradona o Pelé. Bueno, por mí, okey. Vayamos a tomar unas cervezas, ¿no?

Peralta se reafirma; el día le es favorable.

Bajan las escaleras. Martín comenta con Poncho que Peralta seguramente ha puesto a Haniel a hacer las camisetas por ser afrocaribeño. Pasan delante de la escuela para trapecistas y del recinto donde unas niñas practican gimnasia en barra fija. Poncho, Haniel, María Eugenia, Peralta, Víctor y los Illuminati abandonan el Pier 40 caminando por la orilla del Hudson. Se van todos excepto La Marica, que se retrasa un poco.

La Marica se ha propuesto quejarse más. Hacer lo que pueda por hablar mal de la ciudad y del máster. Ahora se pone ropa oscura que le queda grande y menos lazos de los que usaría en Barranquilla. Quiere parecer inconformista, que no se le note la felicidad. Sobre todo, quiere que la respeten. Lo cierto es que desde que llegó siente un revoltijo de tripas y sus heces son más blandas de lo habitual. Aprovecha que está sola en el campo de fútbol para mirar bien, sin que la juzguen. A un lado del Hudson, Jersey City; al otro, el sur de Manhattan. Se echa su spray nasal. La alergia la está matando pero se siente más vigorosa que nunca.

No sabe si sus compañeros también disimularán la emoción que supone vivir la vida que todo el mundo envidia.

Respira hondo, ahora sí. Con los conductos nasales despejados anota el primer tanto de Furia Literaria en una portería sin portero. Remate desganado con tacón derecho, y gol.

Planteándome muy seriamente

Elena Antúnez: hola gente! Estoy planteandome muy seriamente el irme a vivir a NY. Es verdad que se encuentra trabajo en las factorias? Si alguien trabaja en alguna y me puede orientar un poco, se lo agradeceria de todo corazon.

Conde Crápula: En factorías o en tiendas o de camarera. Algo se encuentra.

Susana Villar: en negro y máximo los tres meses del visado de turista. Míralo bien antes de venir porque este país no es fácil y esta ciudad en particular es carísima. Suerte!

Elena Antúnez: pero es que me cuesta creer que sea tan sencillo encontrar trabajo.

Conde Crápula: Es sencillo encontrar trabajo.

Mara Trujillo: Yo trabajo en la tienda de la Hershey's de Times Sq, vendo chocolate pagan bien y me lo como.

Elena Antúnez: muchaZZZ gracias por vuestra ayuda!

Conde Crápula: Una cosa que tienes que tener en cuenta es que en lo que tú quieras trabajar no será, será en lo que encuentres.

Noemí Chávarri: Pero estamos hablando de trabajo legal o ilegal? Porque trabajar con visado legal es muuuy difícil. Venir a la aventura a NY sin informarse de lo que te cuesta vivir aquí o sin conocer los tipos de visados es ser un kamikaze.

Susana Villar: 1 cosa es arriesgar y otra tirarse sin paracaídas. **Conde Crápula**, dile que va a pagar 900 dolares por una mierda de cuarto y aparte los gastos, que vienes sin visado y en tres meses te quedas ilegal y no puedes salir porque te penalizan sin poder entrar en 10 años. Cuéntale lo que te gastas en propinas todo el puto rato. Que venga, pero que venga informada. Que puede trabajar, sí. Pero para calidad de vida, España.

Conquistar la lengua

A los siete meses de embarazo, la madre de Poncho cruzó la frontera que va de Mexicali, límite mexicano con California, a Caléxico, límite californiano con México. Lo hizo con su visa de turista y una faja muy apretada para no levantar sospechas. Ella le aseguró al guardia que iba a visitar a sus suegros que vivían del otro lado, en Holtville. «Bien», dijo el guardia. Eran otros tiempos.

Gracias al nacimiento estadounidense de Poncho y a que sus padres alquilaron un cobertizo en Holtville para fingir que vivían allí, él —ciudadano americano y supuestamente residente— ha estudiado toda su vida de forma gratuita en inglés. «Se supone que fui eso que llaman un *anchor baby*. O sea, como un ancla que se amarra para que la familia ya se pueda quedar acá y no la deporten fácilmente. Lo que pasa es que a mis papás en verdad Estados Unidos no les gusta y no vivíamos en California, sino en Mexicali. Nomás que mi mamá me cruzaba todos los días para llevarme a la escuela.»

Él le narra esta historia a Sara y recalca lo duro que fue durante su infancia levantarse cada día a las cinco y esperar durante horas la fila de coches que se forma en la frontera para llegar medio tonto a su colegio en Holtville. Sólo porque sus padres insistían en que era importante que recibiera educación estadounidense. Sara le dice que no se preocupe; seguramente medio tonto ya estaba. Sin duda, el problema fue la presión de la faja.

Poncho, que, aunque no se da cuenta, es feliz, dice que si se hubiera quedado a estudiar en México, en una escuela cercana a su casa, habría sido feliz. «Vas a ver; acá en los *iunaited* son bien mierdas. A mí desde chiquito me pusieron a correr la *rat race*.»

Cierra su portátil y mete en una bolsa los envases vacíos de comida tailandesa que han cenado. Le dice que «ya es bien noche» y que puede quedarse a dormir allí, en su cuarto de Jackson Heights. «No me hago problemas.» Y, con un gesto un poco seco, le ofrece un pijama.

Sara va al baño a cambiarse. El pijama es de la talla XXL. Para que no se le resbale el pantalón, se hace un gurruño en la cadera y lo ata con su pañuelo del pelo. Se dobla, además, los bajos y, mientras lo hace, no puede evitar sentir emoción. Se restriega un poco de pasta dental en sus incisivos, se enjuaga y, por lo que pudiera pasar, se lava como y donde puede con agua y jabón de manos. Cuando por fin llega a la cama, Poncho está dormido. En camiseta, calcetines y calzones. Con una almohada bajo la cabeza y la otra, la que debería ser para ella, entre sus muslos. Sara —inútil emoción, inútil pulcritud— se quita su pulsera con tachuelas, la deja en la mesita de noche, apaga la luz y se tumba a su lado tapándose con toda la manta. Se reprocha a sí misma haber hablado demasiado aquella tarde.

Tienen un acuerdo. Como él siente vergüenza porque no aprendió nunca las reglas ortográficas y gramaticales del español, Sara corrige sus textos antes de que los presente en clase. A cambio, Poncho habla con ella una hora al día en inglés.

Ella le cuenta cosas de su país. Esa tarde, por ejemplo, le explicó que su experiencia escolar fue muy diferente: estudió desde los seis hasta los doce años en el colegio de monjas que había más cerca de su casa y sólo durante dos horas a la semana tenían clases de idiomas. Con una profesora española. «With a Spaniard.» Que tenía unos conocimientos muy limitados. «A very poor English.» Además, para salir al baño durante la clase, la profesora les enseñó a levantar la mano y preguntar: «May I go to the lavatory, please?».

—*Our English teachers did what they can.*

—*Did what they could* —le ha corregido él.

—La cuestión es que en el sistema escolar español apenas nos preparaban para hablar inglés y ahora yo voy preguntando por el *lavatory*, pero aquí nadie dice *lavatory*.

—*We are talking in English.*

Mientras duerme, Poncho se frota un pie con el otro. Calcetines dándose cariño a base de fricción. Ella, en cambio, no duerme porque tiene miedo a no dormir. Cree que sus profesores, sus compañeros y su familia esperan que escriba algo importante. Para tanta responsabilidad, necesitará estar descansada. Cambia de postura con cuidado y admira la despreocupación de Poncho, que, por haber perdido mucho y ganado poco en las competiciones escolares a las que lo sometían de pequeño, se siente menos valioso y, por lo tanto, más libre. Observa el relajo de su cuerpo enorme desparramado, el ritmo tranquilo de su respiración abdominal.

Sara intenta dormir, hace el esfuerzo, pero lo que le sale es acordarse de Zambra. «Si te gusta te gusta / si no te gusta no te gusta no más / me dijeron que tenían razón y tenían razón / ella es débil y es blanca y tú eres / probablemente oscuro y eso es todo cuanto hay / no en el fondo sino encima de la cama / cuando besas y te besa.»

Aunque ni ella es tan blanca ni él tan oscuro, al rellenar su identificación racial en la solicitud para la universidad, Poncho marcó «hispanic», por si acaso le daban alguna beca para minorías. Sara marcó «white». Más claro que su dermis está que en ese cuarto nadie besa a nadie.

Cada día, cuando empieza a atardecer, el metro elevado disminuye su frecuencia y pasa por Jackson Heights en intervalos de veinte minutos haciendo temblar Roosevelt Avenue. A esa hora hay mucha gente, charla callejera animada, una fila en el ultramarinos llamado Cositas Ricas que vende arepas las veinticuatro horas, postes de la luz con madejas de cables enredados, papeleras rebosadas de basura, licorerías, un parking atestado y más de una veintena de letreros fluorescentes que se iluminan para invitar en español a entrar en bares eróticos. A esa hora Poncho y Sara terminaron de cenar.

—Me da curiosidad saber por qué no te matriculaste en el otro máster de escritura de la universidad. ¿No hubiera sido más fácil? Es más prestigioso y para yanquis. Así yo no tendría que andarte corrigiendo las *ces* que son *eses*.

—A veces dices cosas bien mierdas.

Para medir cuánto es posible chantajearla emocionalmente, Poncho fingió haberse ofendido.

Ella le pasó la tarrina de helado.

—No, gracias, me quedé sin gana.

Tratando como pudo de quitarle hierro al asunto, Sara volvió a hacerle el chiste de la faja. Ahora se arrepiente.

Colistas jadeantes

Luciendo el dorsal número doce avanza Martín Márquez con su proyecto de novela homoerótica latinoamericana. De momento, encabeza la carrera destacándose por haber introducido una terminología propia que puede resultar jugosa para la crítica: Martín andiniza lingüísticamente lo *queer* e incorpora ese deje serrano que todavía se oye en ciertas zonas de Perú y Bolivia, consistente en añadir a las palabras terminadas en *erre* un fonema -*sh*. Así, lo *queer* andino para Martín es lo *cuirsh*. Su proyecto no sólo es ideológico sino una forma de militancia. Además, ha acuñado otros términos muy replicados en Twitter, entre los cuales el más aplaudido es *cutursh*; una deformación de *couture* que ya es un hashtag de referencia para referirse al glamour andino. Todas estas innovaciones han resultado premiadas con dos becas —beca Fulbright y beca Chile— y colocan a Martín en el primer puesto, seguido por María Eugenia. María Eugenia, con el dorsal ocho, avanza con un libro de cuentos que denuncia el desconsuelo que el silencio acerca de los desaparecidos chilenos, uruguayos y argentinos ha generado durante años en el Cono Sur. Recalca especialmente las crueldades llevadas a cabo durante la llamada Operación Cóndor. «No desaparecen, *los* desaparecen», dice uno de sus personajes. Y a pesar de que esa idea ya ha sido más que trabajada y, según dicen las malas lenguas, su familia se benefició durante años de la dictadura pinochetista, María Eugenia progresa de forma imparable por el carril izquierdo. Pero ¿qué ocurre, señores? Adelantando varios puestos, aunque todavía a cierta distancia de Martín, María Eugenia y los Illuminati, tenemos a La Marica, apodada así debido al latiguillo que, como buena colombiana, repite en forma de vocativo. Barranquillera y vecina de los padres de Shakira, La Marica adelanta puestos pese a que sus tacones de quince centímetros y sus pasitos cortos incomoden a algunos corredores. La Marica es un ejemplo de superación, de desestabilización de los discursos heteropatriarcales y, poco a poco, se va ganando un respeto muy merecido. En su poemario *Las mamas de mamá* critica una sociedad latinoamericana machista en la que la cirugía estética, las correas modeladoras ajustadas en la cintura y la bulimia pasan como un líquido lactante de mujer a mujer. En realidad, quienes más han constreñido la vida de La Marica han sido un novio celoso de juventud, su adicción a los sprays nasales y una empresa dedicada a la explotación de la palma africana, que se molestó muchísimo por un artículo que ella escribió tres años atrás. La Marica tuvo la suerte de crecer en un entorno familiar que la protegió de las limitaciones y los dramas que padecen millones de mujeres en el mundo. Como su compañera Linda, sin ir más lejos. El caso es que La Marica adelanta. En su poemario elabora reflexiones agudas, exhibe cierto erotismo macabro y crea una atmósfera de honestidad que encandila a los lectores. Con un nuevo corte de pelo a lo garçon y sin quitarse su abrigo negro ni siquiera durante las clases, se coloca justo detrás de los Illuminati.

Desde una mirada reduccionista podría decirse que estos muchachos y muchachas argentinos tratan de dar respuesta a la incógnita que últimamente interesa no sólo a la crítica sino también —y esto resulta de interés para los corredores— a la editorial española que publicará a uno de los estudiantes del máster. La pregunta es: «¿Sobre qué puede escribirse hoy en día?». ¿Y quién podría responder? Gladys no. Esta estadounidense de raíces peruanas que se atribuye al mismo tiempo el privilegio y la obligación de narrar las historias que le contó su abuela acerca de la emigración de sus ancestros desde Italia al valle del Chanchamayo, carece de la malicia necesaria para responder. Gladys tampoco se deprime por ello; edulcora cada momento como si todos los instantes supieran a chocolate. A ella lo que le gustan son las tradiciones, los pies blanditos de su hijo Tobi, el olor a viejo, el cuero de los libros, las canciones que al parecer cantaba una chamana en la colonia de La Merced, el *buuuum* que hace el mar al chocar contra el acantilado de La Herradura en Lima. A pesar de que algunos de sus compañeros digan que sus textos no funcionan literariamente, Gladys insiste en que su abuela narró sus historias de esa forma: «Así sucedieron, y así se quedan». Lo suyo es la narración testimonial, pese a que últimamente no esté de moda. Pero ¿y entonces? Si no es la alegre Gladys, ¿quién podría decir algo al respecto? ¿Quién? Nada sabe Alfonso, más conocido como Poncho, el mexicano fronterizo del dorsal catorce con orejas deformadas por su afición juvenil a la lucha grecorromana. Menos aún sabe la española que lo sigue con dificultad porque le pesan las botas. Ella, con tal de no abordar sus propias cuitas ni hacer frente a estas grandes incógnitas literarias, dedica cada vez más tiempo a tomar nota de aquellos vocablos mexicanos que le encandilan y a corregir los textos de sus alumnos online, que en realidad no son alumnos sino talleristas. Por si perdiera poco el tiempo, en momentos de añoranza mira la página de Facebook de sus compatriotas que viven en Nueva York, y entre sus comentarios encuentra por fin algo que le resulta allegado.

Es notable la impericia de algunos corredores, desde luego, pero hay quien en esta carrera sí podría opinar sabiamente sobre qué es posible escribir hoy en día. Así, Haniel, el cubano del dorsal dos, ganador de un premio nacional de literatura, sería muy capaz de arrojar luz al respecto. En cambio, prefiere beber esos *appletinis* tan ricos que no había probado en su tierra y escribir entre achispado y somnoliento una novela de ciencia ficción tan complicada que hasta ahora sólo él entiende. Algo de luz, o al menos una luz distinta también podría aportar Linda. Lo que ocurre es que la venezolana trabaja como asistente de los profesores y, aunque acaba de descubrir una información que destruiría a una compañera, se ha propuesto mantener la boca cerrada y seguir adelante. Sufre por ello y de vez en cuando se le sale algún espumarajo. Algo parecido le ocurre al otro venezolano, Víctor, con el dorsal tres. Está cansado de que le digan que se parece a Bolaño cuando en los años setenta llevaba el pelo largo, de que le repitan que es muy buen cineasta y en cambio lo descalifiquen como delantero y como escritor.

De momento los catorce corren —algunos más que otros—, pero la mayoría calla. El temor, la inseguridad y la falta de un discurso competente los mantiene en un pelotón anodino de colistas jadeantes.

Se alquila habitación en East Harlem

Tonino Matute: Alquilamos habitacion pequena en East Harlem 110. Por favor, leer el anuncio bien si no, no os vamos a contestar:

Mi pareja y yo buscamos una chica. Debe ser limpia cuidadosa y puntual con los pagos del alquiler. El apartamento tiene grandes ventajas tales como mucha luz, aire acondicionado, supermercados con precios super competitivos, una lavanderia justo en la esquina, a dos min. de la linea 6 de metro y a doce de la 2 y 3. Es una zona segura, alquiler de 580 dolares con todo incluido (internet, gas, electricidad y productos de limpieza), esta semiamueblada y no hay que firmar contrato.

Las pegas de la habitacion es que es un sexto sin ascensor y que como podeis ver en las fotos, las dimensiones son reducidas.

Si estas interesada, mandame un mensaje.

Marina Betancort: Reducida??? Eso es normal ahí??? Es un ropero empotrado!!!

Pao Ferndz: Es un clóset?

Tonino Matute: Welcome to Manhattan!

Janis Maldonado Ruipérez: No es normal. Para ellos lo sera vivir en esas condiciones. yo vivo en Guttenberg, en New Jersey, a quince minutos de Manhattan en autobus y aqui se vive en condiciones muy buenas. Por mi cuarto en una casa con laundry incluida calefaccion y aire acondicionado central: $800.

Noelia B: No es normal! Mucho dinero para lo ques! Claustrophobic!!!

Lau González Bello: Esto va de cachondeo?

Tanausú Trejo: Ufff!

Tonino Matute: Cabe una full bed. A quien no le guste el anuncio que no mire. Y **Janis Maldonado Ruiperez**, quiero saber yo como va a quedar tu casa de Jersey con el paso del huracan Sandy. Llega en cinco dias.

Janis Maldonado Ruipérez: No se que insinuas.

Tanausú Trejo: Vergüenza debiera dar publicar una habitación en estas condiciones. Pide que sea limpia y ordenada. Con esas fotos ellos ni son limpios ni ordenados: una cama enana hecha un revoltijo y una lámpara mierdosa. Xfavaaar!

Tonino Matute: Que le hago yo si Manhattan y Tokio empiezan a ser la misma cosa.

Tanausú Trejo: Tiene como una caca al pie de la lámpara.

Tonino Matute: No es caca es un trozo de chocolate que estaba tomando mientras sacaba la foto y lo deje ahi.

Tanausú Trejo: #caca #nadietecree.

Tonino Matute: No comer chocolate produce mal caracter, como no follar.

Tanausú Trejo: Míralo qué sabio.

MarisaSinMas: Hola, **Tonino**, yo estoy interesada puesto que sólo voy a estar 4 meses en NYC. Lo que no sé es para cuándo os hace falta ocuparla puesto que yo llegaría a finales de enero. Gracias de antemano.

Tonino Matute: Se queda libre el domingo, no se si estara libre para entonces. Escribeme en diciembre y te digo.

Claudio Gobeo: Hace dos días tres tipos me intentaron asaltar en la 112 a las once de la noche a la altura del Metro North en Park Ave. Me escapé por poco saltándome el semáforo. East Harlem no es seguro para nada.

Tonino Matute: Hombre **Claudio**! Ya tardabas! Ya te callaron la boca varias veces en este grupo y te puse las estadisticas para que vieras que el Harlem Latino es de las zonas mas seguras. Si tienes cara de panoli es normal que te atraquen. Tu historia suena de pelicula, tienes que tener una vida interesantisima, solo hay que ver que comentas todo lo que ponen en el grupo. Los demas, si no os gusta la politica de pisos (fijate que a mi tampoco), le escribis al alcalde, yo no puedo hacer nada al respecto. Y este cuarto esta muy bien de precio para lo que hay por ahi.

Evocaciones

El padre vuelve a casa.

Viene de protestar con unos vecinos del barrio frente a la sede de la iglesia nueva, que en realidad ya lleva más de año y medio en marcha. La amalgama doctrinal que se profesa ahí dentro les parece peligrosa.

—Un engañabobos con el que andan sacándoles los cuartos a los sudamericanos del barrio. Al parecer, piden recaudaciones con la excusa de convertir a los fieles en socios de Dios, tienen rezos para remediar el desempleo y hacen unas magias yorubas para poner en conexión las almas de los vivos y de los muertos, ¡imagínate, qué popurrí! —explicó un señor.

—Esa pobre gente se lo cree todo. El barrio se está poniendo irreconocible. Parece el Bronx —dice una vecina que nunca ha cruzado el Atlántico.

El padre atraviesa la glorieta. De camino a casa, piensa en su hija y le parece que conexión de almas era lo que ellos tenían. Por distraído, se pierde a las palomas que revolotean en las zonas ajardinadas de Raimundo Fernández Villaverde. Llega a su calle con nombre de general franquista, entra al portal, sube en el ascensor, abre la puerta y cuelga el chaquetón negro en el armario de la entrada. Se pone la bata, las zapatillas, se sienta en el sofá, apoya las piernas en la mesita y se enciende un cigarro.

—Hay que ver. Ni saludas a tu madre.

Se da cuenta de que la abuela está agachada delante del televisor, toqueteando el vídeo.

El padre se levanta para darle un beso y vuelve al sofá.

—Enciende tú con el mando, anda, hijo.

La abuela inserta un vídeo que tiene la friolera de veinticuatro años. Fue grabado originalmente en Súper 8 pero en una tienda del barrio les han pasado la grabación a VHS por poco dinero.

—¿Ves bien?

Y no queda claro si la abuela lo pregunta para ajustar la orientación del televisor o por las lesiones oculares que el padre ha sufrido en los últimos años a causa de su diabetes.

Él asiente.

Navidades de 1988. Muchedumbre en la Plaza Mayor de Madrid. Plano general de los puestos que venden artículos de broma: petardos; gafas que incorporan cejas, nariz y bigote; espumillón de colores; cacas de plástico; cigarrillos de mentira... Travelling lateral: Sara es una niña bien, con un abrigo rosa y un gorro blanco de lana que termina en un pompón. La abuela, muchísimo más joven y con el pelo más cardado aún, le tira del brazo y, sin dislocárselo aunque por poco, la cuela delante de su hermano y de los otros niños que miran el belén. El padre graba lateralmente, más interesado en sacar a la niña que a las figuritas.

«Mira», dice la abuela. Y ella mira. «Los reyes, los pastorcitos, ovejas, cabras, ¿ves, Saruquera?, hasta pavos tiene.» Y ella mira. «¿Ves?» Y ella ve. «Los reyes: oro, incienso y mirra.» La cara de Sara sólo habla del mundo interior que está comenzando a desarrollar a base de ficciones para combatir semejante aburrimiento. «¿A que ya tienes ganas de que nazca el niño Jesús?» Y ella, que probablemente no tenía ninguna, en busca de comprensión muestra al padre los incisivos de leche (de un blanco tal que podría pensarse que sus glándulas salivales producían peróxido de carbamida). Por responder algo, Sara dice que sí.

—A pesar de todo siempre ha sido muy alegre, ¿verdad? —comenta la abuela—. La chiquilla, digo. Le va a ir muy bien allí.

El padre apaga el cigarro tratando de ventilar el humo con la mano para que a su madre no le alcance. Lo tiene prohibidísimo, pero se saca del bolsillo de la bata un pedazo de chocolate y lo mastica con la desesperanza que le produce no creer últimamente en nada. Lanza una mirada al aire. No está su hija para devolvérsela. Antes de meterse otro trozo en la boca, por responderle algo a la abuela, dice que sí.

Doctrina de fe

Es 30 de octubre, casi Halloween.

Aunque muchas tiendas de la ciudad no vendan artículos siniestros ni caramelos color naranja, igualmente los exhiben en sus escaparates. Además, porque es muy del gusto nacional, hay telarañas, brujas, calabazas y fantasmas en gran parte de los accesos a las viviendas, en las escaleras de incendios o pegados en los vidrios de las ventanas. A los estadounidenses les chifla meterse un poco de miedo. Son expertos en alarmismo, en gamberradas de campus, en lanzar discursos políticos preventivos que pueden poner los pelos de punta. Pero lo que hoy atemoriza a los neoyorquinos es el pronóstico meteorológico. En las últimas horas se han cerrado las escuelas, se han suspendido los transportes públicos, se ha cortado buena parte del tráfico y algunas zonas cercanas al mar han sido evacuadas. El alcalde Bloomberg, acompañado por su intérprete para sordos, ofrece un comunicado televisivo con carácter de urgencia.

Recomienda proveerse de linternas, agua y comida enlatada. Sobre todo es importante quedarse tranquilos en casa. «We have previous hurricane experience, so we know what to do.»

Quizá porque en España los desastres naturales son menos frecuentes, y más allá del *Prestige*, el seísmo de Lorca, el derrame tóxico de Aznalcóllar o la riada del camping de Biescas no ha habido en las últimas décadas demasiados sobresaltos, Sara espera esa tarde en su cuarto de Yorkville que la catástrofe le aporte algún tipo de emoción. Empieza a anochecer y en Nueva York sólo llueve fuerte. Por temor a perder la conexión a internet, corrige los últimos envíos de sus alumnos de los talleres. «En mi opinión, al texto le conviene...»; «Por el bien del relato recomiendo aligerarlo de adjetivos»; «Ya sabes que en literatura, menos es más»; «Debes preguntarte qué te pide el personaje». A sabiendas de su propia farsa, da consejos empleando estas fórmulas que le envió por email su jefe desde la escuela de la calle Leganitos para aligerarle el trabajo. De ellas podría deducirse que el escritor se debe a la tiranía de un relato preexistente a la propia escritura que necesita ser redactado y pulido por ese siervo que es el tallerista convertido en amanuense, encargado de hacer el verbo carne o, más bien, letra. «El texto debe mostrar, no explicar»; «No hay que infravalorar al lector»; «Una cosa es realismo y otra, el principio de verosimilitud»... Se dedica al corta y pega de frasecitas. Le gustaría decirles a los alumnos que hagan el favor de escribir como les dé la gana. Que hay una doctrina de fe en torno a la escritura y, en definitiva, todo es un embuste que no sirve más que para reprimir la creatividad y congregar a la gente bajo unas mismas creencias.

La falsa profeta se recoge el pelo con su pañuelo y se desliza por la habitación en su silla Aeron Chair. Tiene sesenta y ocho alumnos. Dedica a la impostura de los talleres un promedio de cinco horas al día los siete días de la semana. Pero todo es susceptible de mejora. El día anterior, la Metropolitan University of New York hizo un anuncio en la web de su máster: los estudiantes que no tengan beca completa podrán solicitar una ayuda concedida por la fundación Ourworks. Sara trata de no distraerse para terminar de corregir los textos de sus alumnos. Entonces recibe una llamada.

—¡Marica! No sabía que tuvieras mi número. Oye, parece que esto va a ser gordo, ¿no?

—Hijueputa, ¿viste?, qué desastre. La gente enloqueció. Ya no quedan linternas acá en Brooklyn. Compré velas, así que, ajá.

—Ah, yo no he comprado nada. Annalisa, mi compañera de piso, me ha dicho que el año pasado también apareció el alcalde en la televisión, pero luego fue una tormentilla.

Sara se levanta y camina por su cuarto mientras habla.

—Mi *roommate* salió a comprar trago hace dos horas por si cortaban el agua y no volvió. Espero que regrese. Sobre todo porque le encargué un spray nasal que me hace falta.

—Vives con uno de los Illuminati, ¿no?

Y Sara descubre por la ventana cómo sube el nivel del East River y cómo las piscinas del John Jay Park, vacías desde septiembre, se están llenando de agua y hojas.

—Sí, pero éste es chévere. Quizá porque es mayor; tiene treinta y ocho y anda más sereno. Igual está también un poco loco y es como mezcla de *new age* con escritor maldito. Creo que el trago lo quiere para subir fotos a Facebook y hacerse el escritor atormentado en medio de la desgracia.

—Son muy buenos los Illuminati autopromocionándose.

—Maestros del *self-fashioning*. Y te cuento que éste tiene en su cuarto dos estanterías repletas con sus propios libros. Los trajo de Buenos Aires para presumirlos y repartirlos entre los del mundillo. Su egoteca, le digo yo.

Se apaga la luz de la habitación de Sara. Como tiene batería en su portátil, piensa en colgar a La Marica y seguir

79

corrigiendo los textos de sus alumnos hasta agotarla para no faltar a sus obligaciones. Pero antes, lanza la pregunta:

—¿Has visto lo de la beca nueva?

—Oye, sí, ven acá; es una ayuda muy buena. Al parecer consiste en trabajar escritura creativa con menores ingresados en un hospital del Bronx. La dan a un alumno que haya trabajado con niños o escrito literatura infantil. Se lo van a pelear entre Linda, Poncho y tú, que son quienes reúnen los requisitos. Acuérdate que Linda es tan millonaria como bulímica, pero la pedirá igual, por el prestigio. Necesitas escribir algo que le guste a la profesora Selma porque ella es quien manda el informe a los de la beca de parte de la universidad. Además, si quieres un plus, consíguete el aval de alguna fundación gringa que diga que has colaborado con ellos, que eres voluntariosa, altruista... toa esa vaina. Así, destrozas a tu competencia, que en realidad es Linda. Poncho es un pan dulce. Me da ternura el gordito, con su cuentico de la frontera... pero, seamos sinceros; es simple y es mal escritor.

Se oyen gritos desde la sala. Sara abre la puerta de su cuarto y encuentra a Annalisa, oculta tras una nebulosa. Parece una estatua barroca en plena torsión. Lleva unos botines de goma que desentonan con su estilo de diosa mitológica y Sara no comprende lo que hace: está usando a modo de mascarilla uno de los fulares que ella misma diseña y empuja el rabo de Gigi Maria para terminar de meterlo en su transportín. «Mannaggia, ma non l'hai visto il fumo?» La verdad es que no, Sara no lo había visto. Cuelga a La Marica. Como hay poca luz, se pone los vaqueros, las botas y el chubasquero con ayuda de la linterna del móvil. Luego echa el ordenador portátil, el cepillo y la pasta de dientes en su mochila. Al volver del rellano, Annalisa confirma, provocándose la tos, que el humo viene de la planta baja. Entonces las dos compañeras olvidan la existencia de la bendita escalinata de incendios que han fotografiado en tantas ocasiones para presumir de neoyorquización. Jugándose la vida, descienden entre el humo por las escaleras ordinarias de su edificio. Acarreando cada una un asa del transportín que, con Gigi dentro, pesa por lo menos quince kilos.

Ya afuera, en la acera de enfrente, y bajo una de las pocas farolas todavía iluminadas, encuentran a un montón de vecinos soliviantados. Una señora explica que es el agua desbordada del East River que empantana las aceras lo que está provocando cortocircuitos en los edificios, dado que el aparataje eléctrico es subterráneo. Annalisa ignora a la señora, cede su asa del transportín a Sara y se dirige a la puerta del edificio Cherokee para tocar el telefonillo.

Sara recuerda haber recibido esa mañana la publicidad de un bar situado en la calle Setenta y dos que aseguraba tener un generador y, por lo tanto, electricidad antihuracanes durante toda la noche. Piensa que todavía será posible ir allí y terminar a tiempo de corregir los textos de sus alumnos. Está pensando en esto cuando *puuuum*: estallido y apagón de las pocas luces que quedaban encendidas en su edificio. «Oh my God.» «Keep calm, firemen are on their way.»

Cinco camiones de bomberos se acercan con sus sirenas y sus luces de feria. Esto no distrae a Sara, que acaba de ver cómo se abre la puerta del edificio Cherokee y sale él: metro noventa, magníficas hechuras, cazadora camel, pelo claro, barba de unos días. «Hey», dice enternecido al ver la escasa estatura de Sara. Lleva un paraguas en la mano, lo abre, se lo acerca. «Hey, thanks», responde ella.

—*Eccolo, finalmente* —dice Annalisa—. *Ti presento a Rod, il mio fidanzato.*

Sara oye por primera vez en tres meses hablar en inglés a Annalisa. Más bien, regañar en inglés a ese Apolo de Belvedere de pelo liso y barbita que, al igual que la italiana, tiene un cuerpo escultórico monumental. Cuando Annalisa deja de hostigarlo, saluda a Sara dándole la manaza, le arrebata el transportín y se excusa ante ambas por no haberlas socorrido: en su casa también se fue la luz, tenía que asegurarse de que su perro estuviera bien y guardar una serie de papeles porque tiene trabajo que terminar antes del día siguiente. Como prueba, muestra la carpeta azul que carga con la misma mano con la que sostiene el transportín.

Annalisa explica que Rod trabaja en Fulfill-a-Dream, una fundación para ayudar a niños enfermos con pocos recursos. Añade, sin poder evitar la cara de disgusto, que cobra un sueldo ridículo a pesar de todo el esfuerzo que realiza. Sara entonces ve en Rod una oportunidad y cuenta que escribió varios libros para niños. Se muestra resolutiva.

—*I know what to do* —dice copiándole la fórmula al alcalde Bloomberg.

Guía a la pareja con dedo colonizador entre los bomberos que acordonan el edificio. Los enfrenta a la lluvia que cae de lado y a las hojas otoñales, que también caen de lado, justo del de sus ojos. Tras marearlos con algunas vueltas innecesarias, llegan al bar.

En el escaparate hay calaveras de cartulina, guirnaldas negras y naranjas y hasta un murciélago volando dentro de una luna llena. Además hay un cartel fluorescente: «Hurricane Happy Hour».

—*Adesso, si: he's totally fucked*—dice Annalisa.

Y cambia de nuevo al italiano para apostillar que duda mucho que su prometido sea capaz de trabajar en aquel lugar porque es un insensato y sólo hay una cosa que le interesa más que el trabajo: la cerveza barata.

«And you», y, en un acto de coquetería, Rod las mira a las dos. Annalisa pone cara de mártir. Luego dice que se tomaría un chocolate caliente. Sara la ignora y pide una ronda de cerveza en oferta para los tres mientras se arregla el pelo, aprovechando que puede verse reflejada en una vitrina. En pocos minutos, sonríe con una mueca alcoholizada y, aunque recuerda que, al igual que Rod, ella se debe a su trabajo, decide entregarse a las virtudes de esa nueva tierra que pasa rápidamente de la catástrofe al restablecimiento.

Rod pide otra ronda. Ante semejante panorama, Sara se siente incapaz de llevar a cabo su designio adoctrinador. Literatura, ¿por qué la has abandonado?

Evocaciones

El jefe cierra el catálogo de Mundo Senior, la agencia de viajes que oferta excursiones con tratamientos termales subsidiados por el Imserso. Para no distraerse más, lo coloca detrás de la pantalla del iMac que tiene en su despacho y revisa que los talleres por internet marchen; que ningún alumno haya dicho inconveniencias en el foro virtual, que los profesores estén respondiendo en los plazos marcados.

El jefe podría jubilarse en año y medio, vender la empresa y dedicarse a leer, como hacía años atrás, esos ensayos políticos que tanto le gustan sobre los estragos que está causando el neoliberalismo, la precarización de la sociedad o la locura que constituye la acumulación del capital. Podría irse unos días con su mujer a Lanjarón o a Paracuellos de Jiloca, comprobar si es verdad que valen para algo las piedras calientes y la hidroterapia. Alguna vez ha pensado incluso en hacerse una limpieza de colon. Pero algo le atormenta. A pesar de la expansión de su escuela a otras provincias españolas, del abaratamiento de costes que ha supuesto poder ofertar talleres por internet y pagar poco pero en euros a buenos profesores que viven en Latinoamérica, teme los posibles efectos de la crisis en su empresa.

«Vendo y a vivir.»

El jefe vuelve a su trabajo. Lee por encima el texto de un tallerista que está inscrito en literatura infantil. Incluye expresiones como «de rechupete». Luego se detiene en el comentario que Sara le ha dirigido; lo suficientemente largo y gentil, en el plazo adecuado. Señala que convendría «repensar» —dando por hecho de forma generosa que el alumno ya pensó— si es necesario el uso de los diminutivos y de determinadas frases hechas que a veces creemos que gustarán a los niños sin estar seguros. Le dice que su relato «incluye ideas muy interesantes», aunque sea mentira. Sara demuestra profesionalidad. Es un ave carroñera capaz de tirarse en picado para tragarse la cochambre. Para que los talleristas piensen que están casi en lo correcto o, al menos, que no van tan desencaminados. Para nada, porque qué importa lo que la gente escriba.

Ve que Sara ha desatendido a los últimos alumnos del grupo y, como todavía no ha escuchado la noticia del huracán Sandy, la imagina rodeada de edificios art déco, despreocupada, escribiendo a ritmo de jazz. En cierto modo el jefe se alegra por ella y desea que se olvide de esos nefastos talleristas para siempre. Le escribe un email. Le recuerda que está faltando a sus obligaciones y le avisa de que, si sigue incumpliendo los plazos, este mes cobrará menos.

Para evitar distraerse, el jefe tira a la papelera el catálogo de Mundo Senior, se frota los ojos, y vuelve a su iMac. A revisar que, mejor o peor, en su empresa todo marche.

Dicha tonta

Sara se echa la siesta. Está acostada de lado y, por prudencia, trata de ocupar poco espacio, aunque en la cama sólo duerma ella. La arrullan los coches que circulan seis pisos más abajo recorriendo la autovía FDR Drive. Sueña que está en Nueva York, escribiendo. Ha tenido una idea que no es demasiado superficial ni tópica ni costumbrista ni infantil ni posmoderna ni insidiosa ni cursi. Teclea algo subversivo que agrada sin ofender a nadie. *Clac clac clac*. Tiene la sensación de que los caracteres que van apareciendo en su documento retroiluminado serán considerados literatura tanto por la profesora Selma como por el profesor Mariano. Que incluso su familia quedará contenta. Relee lo escrito. Publicado en una editorial respetable y bien promocionado, ese texto es merecedor de una distinción Talento Fnac, una reseña positiva del Lector Malherido e incluso de un premio Tigre Juan. Laureles nacionales y quizá alguno extranjero para ella.

Respira profundamente. Su mano reposa sobre su cara y la pulsera con tachuelas se le clava en la mejilla. No importa, ante tanta gloria no puede sentir dolor. En el sueño sonríe y en su cama también. En ese momento Annalisa va al baño, tira de la cadena y, de regreso al cuarto, pega un portazo que hace maullar al gato. Sara se despierta. Se incorpora agitada. Acaba de desvanecérsele la idea que iba a cambiarle la vida. Prueba a hacer aquello que cuando era pequeña le decía su padre: «Gira la almohada, enano». Entonces Sara estiraba los pies, tapaba con la manta toda su calamidad y apoyaba la cabeza en el lado fresco de la almohada como si, mediante algún tipo de refrigeración, se pudiera haber conservado allí su sueño agradable. Cierra los ojos. Nada. Se masajea las sienes e intenta recordar qué es lo que pudo haber escrito. Al cabo de un rato se resigna, da su gran idea por perdida y mira el móvil. Tiene dos mensajes. Uno de Rod en el que le propone reunirse la próxima semana para ver si quiere hacer un voluntariado en la fundación en la que él trabaja. El otro mensaje es de Poncho: «A pesar del ventarrón estamos casi todos en el Peculier festejando. A Peralta lo publican».

Comienza noviembre, hace bochorno y huele a insularidad. Con los túneles y puentes anegados, Manhattan es más isla que nunca. De momento sólo circula una que otra línea de metro en tramos cortos, muchas tiendas están desabastecidas y más de la mitad del núcleo urbano sigue sin luz. Sara camina durante una hora y media esquivando los árboles caídos y procurando no resbalar con las hojas mojadas hasta llegar a Grand Central Station. A su lado pasan cientos de personas. Los hay que comen o toman bebidas calientes mientras caminan. Están los que caminan a pesar de que casi no pueden caminar.

Nueva York asume que toda su población posee el mismo aguante, las mismas capacidades, los mismos recursos para desenvolverse. Sara baja las escaleras del metro y encuentra, como cada día, a mucha gente bregando. Le parece que no es una ciudad adecuada para la señora tetrapléjica, los vejetes y el mendigo que esperan en el andén. Tampoco parece que ése sea el lugar más conveniente para la madre que, después de acarrear el cochecito de su hijo a lo largo de varios tramos de escaleras, pretende introducirlo en el vagón y termina por asumir que, con tantos pasajeros apretados poniéndole mala cara, hoy será imposible. Mucho menos considera que ése sea un buen sitio para los ciegos, para los impacientes, para las personas de olfato sensible, para los haraganes, los alérgicos o los enfermos de gastroenteritis, ya que, desde el momento en que se penetra en la vorágine de los transportes públicos hasta que se llega al lugar de destino, resulta imposible encontrar un baño. Nueva York castiga democráticamente a todos sus habitantes por igual. Con su masificación, su suciedad, sus barreras arquitectónicas, su frío extremo, su calor extremo, sus huracanes. Están quienes pueden poner los medios para vivir sin padecer en absoluto y están quienes no.

Sara sale del metro y entra en el Peculier. Saluda a La Marica, que está hablando con su compañero de piso. Les da besos ibéricos; no uno sino dos, de derecha a izquierda. Provoca así un embrollo locomotriz que arruina el dramatismo de la historia que contaba La Marica sobre un abusador que le sopló burundanga a una compañera periodista y le hizo perder la voluntad. A pesar de eso, la barranquillera integra a Sara en la conversación.

—Ey, ¿sabes? —dice a su compañero de piso—. Sara también entregará su texto en el taller de Selma la última semana antes de la Navidad.

—Bárbaro, nos tocó juntos entonces. —Este Illuminato encarna en muchos aspectos las representaciones más tradicionales que se han hecho de Jesucristo. No sólo por la media melena castaña, además tiene una voz pausada y ceremoniosa, algo zen—. Muy fuertes las clases de Selma y las dinámicas críticas que genera, ¿no...? Pero ¿y tu proyecto de qué es?

—Trata de la experiencia de pasar por talleres y escuelas de escritura. Por las instituciones literarias... —El Illuminato pone cara de interesado y Sara estima que debe seguir hablando—. Intento reflexionar sobre qué se espera hoy en día de un escritor hispano con suerte, que, como nosotros, escribe desde Nueva York. —Dice eso sólo porque, como todos saben, a los Illuminati les interesa mucho especular sobre qué puede escribirse hoy en día.

—¿Es novela? —arquea una ceja.

—Creo que sí.

—Joya.

Levanta su whisky para brindar. Como ella todavía no tiene bebida, brinda con el puño.

—Salud, competidora. Ojalá que te vaya muy bien. Che, y muy lindo tu arito.

Le señala la nariz y coge su cazadora de cuero vegano para salir a la puerta del bar a fumar.

—¿Viste? Ya te dije; aunque cuenta vainas del neopaganismo y de la gemoterapia, este Illuminato es chévere —le dice La Marica en voz baja.

Sara se dirige a la barra. Los taburetes son demasiado altos para su tamaño y se queda de pie. Le gustan los cócteles dulzones pero, como se le está acabando el dinero de la beca, mira los precios y se impone medidas de austeridad. Pide un botellín. Se refugia en el envasado de vidrio porque no termina de adaptarse a una cultura donde la cerveza no tiene espuma. Espera a que Collum, el camarero, se lo sirva. A su alrededor, sólo se oye hablar español.

«No sé qué pasa entre esas dos.» «Yo oí que Linda le jaló los pelos a La Marica y amenazó con contar la verdad a todos; eso es loquísimo, las dos tan bellas... ¡y a golpes!» «Son dos perras.» «Las dos son un par de locas: una le mete al salbutamol y la otra es una anoréxica.» «¿Y cuál será esa verdad?» «Cualquier estupidez.» «Yo creo que debe de ser algún tipo de rivalidad caribeña. Créanme, yo sé de eso.» «Yo no creo, Haniel. Oí que La Marica se levantó al marido de Linda después de un partido de la Furia.» «¿Qué decís?, pero Linda y el marido ¿no tenían una relación abierta?» «Nah, Linda es retrola y dice eso porque está caliente y se los quiere coger a todos. Pero que no le toquen al marido...» «Yo me hice idea de que ella era bastante abierta.» «La que es poliamorosa es La Marica. Pero poliamorosa normal; que no quiere exclusividad en el amor; como ninguno queremos, ¿no? Igual en esta ciudad, aunque parezca mentira es imposible encontrar tipos interesantes: ¡tanto yanqui cuadriculado!» «¿Y por qué estaba el marido de Linda acá? ¿No vivía en Caracas?» «Vino de visita, creo.» «A mí ella me parece preciosa, tan flaquita pero con curvas, con sus ojos azules, tan buena onda...» «¿Qué va a ser buena onda, Gladys? Con todas esas flores que se pone en el pelo, ese olor a coco y además amenazando a una compañera, subiendo constantemente a Facebook fotos de sus pies, la lucha contra la opresión de los pueblos...» «Yo estoy con Gladys. Es verdad que se hace la exótica, la sensual y vomita todo el tiempo, pero es macanuda la tipa y no escribe mal.» «No se les ocurra decir nada de ella adelante de Víctor, que está allá y es como su perro guardián.» «¿Andarán cachando esos dos?» «¿Qué decís, Gladys? Si Víctor es puto y tiene al novio acá, haciendo el máster de escritura creativa en inglés. Es sólo que se junta con ella porque es venezolana; ya sabés que los venezolanos son una mafia.» «Ah, no sabía que Víctor era maricón y tenía un novio en la maestría de inglés.» «Víctor es un grande del cine.» «Y un mugroso.» «Qué olor a pies en clase, ¿no?» «Sí, y el hijo de puta se saca los zapatos. La puta que te parió, ¡respetá, carajo! Si tenés un problema con el olor, no jodás a tus compañeros.» «Él es tremendo cineasta, pero jugando al fútbol es malísimo.» «Le estrenaron este año una película en el New York Film Festival. Rebuena. Con James Franco.» «Pero escribe pésimo. Estos venezolanos chupamedias... lo consiguen todo así.» «Oigan, no cambien de tema, ¿se lo cogió La Marica al marido de Linda?»

Sara recibe su botellín y se lo bebe casi hasta la mitad. Sólo entonces busca a Poncho y lo localiza al fondo del bar. Él también la ve y la llama para que se una a la mesa que comparte con Linda y Martín.

Mientras la venezolana se ríe, y de reírse se le resbala la flor que lleva en el pelo, Poncho discute medio en broma medio en serio con Martín. «No seas codo», le dice, insistiendo a Martín para que haga el favor de dejar el dólar de propina que se acostumbra a pagar por cada bebida. Al final, entre Poncho y Linda lo convencen.

—¿Y el futuro publicado? —pregunta Sara.

—Peralta se fue pa la casa.

—Como no están funcionando muchos metros, sólo podía volver si alguien le daba raite, así que aprovechó que uno de segundo iba para allá. Lo va a publicar Anagrama.

—¿Qué dices?

—Así es.

—Chama, al parecer Jorge Herralde le respondió personalmente a un email.

Mientras Martín y Linda hablan sobre la deconstrucción de la monogamia normativa, Poncho se dirige a Sara:

—¿Cómo terminó tu noche del huracán?

—Pasé tres días con Annalisa, el gato y un perro en el apartamentazo de su novio yanqui. Sin luz ni internet.

—¿Con la pareja que parece esculpida? Híjole, eso suena a *threesome* a oscuritas.

Sara se quita el abrigo y el jersey de lana gorda.

—¿Y qué tal tú en Jackson Heights?

—Bien. Sólo que mi *roommate*, el dominicano piratón, aprovechando el encierro, de nuevo me quiso evangelizar.

—¿Otra vez?

—Me comenzó a hablar en la cocina y yo daba pasitos hacia atrás sin animarme a cortarlo de una. El pinchi loco me siguió así hasta la puerta de mi cuarto. Como una hora estuvo hasta que le dije que me iba a dormir. Entonces me salió con que quería darme un regalo: «El amor de Dios». Yo sólo tenía que repetir: «Lo acepto en mi corazón».

—¿Y lo repetiste?

—¿Que acepto a Dios en mi corazón? ¿Cómo voy a aceptarlo así, sin pensarla? Le dije que lo iba a meditar.

A Sara le gustaría que pasara algo entre ellos. Bebe otro trago largo de cerveza para soltarse. Ambos van a solicitar la beca Ourworks. Ante el clima de competitividad y la sensación de desventaja que sienten con respecto a sus compañeros, suelen confortarse juntos. Pero ahora que son rivales, ninguno de los dos se atreve a sacar el tema. Pasan un rato callados. Poncho le pregunta al camarero si tienen postres. Pide una tarta de chocolate. Como el silencio le resulta incómodo, dice algo.

—Leí el principio de tu libro. ¿Es lo que vas a presentar la próxima semana en el taller del profesor Mariano?

—Sí, ¿qué te pareció?

—Pues como que es tu vida, pero andas cambiando cosillas, ¿no? Lo que no entiendo es por qué no hablas de tu mamá y de tu hermano. Parece que quienes estuvieran muertos fueran ellos y luego metes ahí a tu papá y tu abuelita. No le agarro bien la onda.

—Es que es una autoficción. No todo tiene que ser real.

—Ah, ya. Bueno, pues tú síguele.

—Sí, y ahora, hablando con ese Illuminato de ahí, se me ha ocurrido cómo exponer el proyecto.

—Cómo exponer el proyecto es importante.

—Sí, es importante.

—Sí.

—Y el tono.

—El tono también.

Se miran. Definitivamente, a Poncho le gustan su pelo, sus uñas moradas y sus dientes. La invitaría a irse a otro lugar pero le apasionan todo tipo de apuestas excepto las que tienen que ver con su propia exposición sentimental.

—Me vas a tener que ayudar con el habla de un personaje mexicano de mi libro —dice Sara.

—Mira nada más. O te enseño inglés o mexicano. Si quieres las dos cosas, te va a salir en una buena lana.

—¿Efectivo o correcciones vitalicias?

—Ya negociaremos.

Poncho le ofrece un tenedor de tarta.

Sara se acaba el botellín y apoya la cabeza en el respaldo del asiento. Le sube un fresco por el cuello muy agradable, como si siguiera durmiendo y alguien le hubiera dado la vuelta al lado recalentado de su almohada. Cierra los ojos. Al abrirlos se da cuenta de que Poncho la está abanicando con el dólar que Martín había dejado de propina. Se inclina hacia ella. Sara por un momento cree que Poncho va a besarla. Lo que hace es guardarse el billete en su cartera.

Clase del profesor Mariano

Como vemos, en este texto en proceso la protagonista pasa de unas circunstancias profesionales y personales poco estimulantes al reto de participar en un máster de escritura en Nueva York. Podría decirse entonces que la narración tiene dos capas: por un lado están esos vínculos frágiles que le quedan con su familia y con el que solía ser su entorno y, por otro, las nuevas relaciones que va estableciendo, los discursos que está escuchando en Estados Unidos. Ahora está de moda eso que llaman la «ego-literatura», que, por otro lado, no es nada nuevo. Con la de cosas que podrían contarse y que les pasan a los demás... porque, claro, no todo lo interesante le va a pasar a uno. Se trata de modas, al fin y al cabo. Como la manía de escribir sobre relaciones sexuales y tecnologías: todas las novelas hoy en día tratan de eso... Pero, bueno, si os dedicáis a estas escrituras del «yo», os advierto de que os encontraréis con algunas dificultades: la primera será conseguir que el lector establezca con vosotros un pacto autobiográfico, es decir, debéis conseguir que la ficción del personaje que os representa resulte verosímil. Lo digo porque en el texto de la compañera se está cuestionando que aparezcan dos familiares. ¿Están muertos o no? Quién sabe. Tened en cuenta que si no se manejan bien las licencias ficcionales puede destruirse el pacto autobiográfico. La segunda dificultad será evitar que la exposición personal no os arruine el libro, ¡ni la vida! Estoy seguro de que la autora se está viendo obligada a deformar o callar ciertas experiencias significativas para que no entren en conflicto con su propia realidad o con la de las personas a las que está recreando. Y es que, claro, tanto exponerse, tanto exponerse... y llega el momento en que uno topa con los límites de la consideración e incluso con los temores propios. ¿Por qué la protagonista de este texto no explicita qué siente por el muchacho mexicano? ¿Y por qué no encara la relación que tiene con su familia? En fin, os recomiendo que, si no estáis dispuestos a echar toda la carne en el asador, no trabajéis vuestros conflictos. El pudor es lo más humano del mundo, y es que en la escritura no todo va a ser pan con chocolate y miel sobre hojuelas. Por cierto, esto que he dicho de la carne en el asador y de las hojuelas son lugares comunes, frases hechas absurdas, no las escribáis vosotros jamás. Siguiendo con el texto, conviene destacar que está escrito en tercera persona; desde la perspectiva de un narrador omnisciente o desde la de otros personajes. Riza el rizo autoficcional y juega con las miradas de otros. Es una técnica que podéis usar para distanciaros de vuestra propia mirada. Eso sí, no me pongáis a hablar a mí, que esa mala maña me la conozco. Ahora también está de moda que los alumnos del taller nos pongáis a hablar a los profesores, y no hay derecho. ¿No estáis ya hartos de que últimamente sólo se escriba sobre escritores y para escritores? A mí me parece un asunto endogámico, más bien pobre. Para colmo, resulta que a menudo me toca leer que si yo dije tal cosa o si dije tal otra. Sólo porque al alumno en cuestión le falta valor para atribuírselo a sí mismo. En fin... ahora quiero escuchar vuestros comentarios.

Plus ultra

A pesar del gentío, Sara y Rod consiguen encontrarse en la esquina de la Quinta Avenida con la calle Treinta y cuatro. Se saludan y caminan entre las riadas de militares y de majorettes que hacen cabriolas para celebrar el día del veterano. Como a diario y entre tanta gente resulta difícil significarse, Nueva York ofrece desfiles de todo tipo que incitan a cierto jolgorio y generan una ilusión de reconocimiento y de integración. Desfilan los irlandeses por San Patricio y la comunidad gay el día del orgullo. El año lunar lo inauguran unos dragones multicolores en Chinatown y los afroamericanos marchan para recordar el aniversario de Luther King. Ahora Sara y Rod recorren el centro de Manhattan, interponiéndose a fusiles, banderas, uniformes, manos en el pecho, cascos y carros de combate. Y aunque Sara tiende a olvidar su corporeidad, ahí va él, abriendo camino; carne varonil de tremendas dimensiones para ayudarle a recordar la de ella, más parecida al menudillo.

Consiguen alejarse del tumulto y entran en un bar. A las ocho y cuarto hablan de temas profesionales: Rod parece impresionado de que Sara haya conseguido media beca en un lugar tan prestigioso como la Metropolitan University of New York. Le dice que es un gran logro y, por supuesto, hará los trámites para que trabaje como voluntaria durante un mes en Fulfill-a-Dream. Por su parte, ella descubre que, aunque el término *fundraiser* le había sonado muy altruista, en realidad Rod es una especie de gestor con buenas intenciones y un sueldo no tan malo como hace ver Annalisa. A las nueve menos cinco Sara alaba su apartamento y le agradece haberse podido quedar allí durante el huracán. Rod le explica que el edificio Cherokee se construyó hace un siglo con la ayuda de diferentes arquitectos, activistas y la comunidad médica para albergar a tuberculosos sin recursos. Por eso tiene tanta luz y tan buena ventilación. Pide la tercera ronda de cerveza y, poco después, ella le pregunta cómo se llama en inglés al hoyito de la barbilla. Se atreve a hundirle el dedo en el mentón para señalárselo. En torno a las diez y veinte, él suaviza su voz laringalizada y saca de la billetera las fotos de unos niños. Sara comprende que Rod es un padre divorciado con cartera de piel buena que muestra más afecto por el hijo estrábico que por la hija sin desperfectos aparentes. A las once y cuarto, Rod pide la sexta ronda y le quita a Sara el pañuelo que lleva en el pelo a modo de diadema. Lo huele y se lo pone en la frente, convirtiéndose en una especie de Rambo rubio. Le pregunta si la situación en España está mal y ella, que presiente el afecto que el estadounidense genera hacia cualquier tipo de descalabro, corrompe hasta al último político, manda a todos y cada uno de los españoles al paro, quiebra al país y aprovecha para añadir que, sin lugar a dudas, las cosas están peor que en Italia. Mucho peor. Luego salen del bar. Una vez en el vagón del metro, Sara se agarra al torso de Rod en lugar de a la barra de sujeción. La somnolencia le hace olvidarse de todo lo que le importan los conflictos que Estados Unidos tiene en su frontera con México.

En el apartamento de Rod los recibe Bud, su gran danés. Quizá porque el perro les estorba, les cuesta encontrar el interruptor de la luz y están a punto de meter el dedo en un enchufe o quizá lo meten. Sus cuerpos han quedado anulados por el alcohol hasta el punto de no ser física ni químicamente otra cosa que meros continentes electrificados. A pesar de ello, se tientan durante casi una hora hasta descubrir que él posee una clavija circuncidada que resulta desmedida en proporción al enchufillo de la receptora. Tras varias embestidas que no van a ninguna parte, un poco adolorida y a falta de un euroconector, Sara promueve ciertos flujos de corriente alterna. Como el 89 por ciento de los hombres que reciben una felación, Rod echa chispas. Como el 71 por ciento de las mujeres que son masturbadas por un hombre, Sara no. Entonces, y por hacer algo, ella entabla charla beoda en un idioma que no es el suyo.

—*You're white white.*

—*Actually, I'm sunburned. I spent three days in Miami.*

Y en su duermevela, Sara piensa en Alejandro Zambra: «Me dijeron que tenían razón y tenían razón / él es débil y es blanco y tú eres / probablemente oscura y eso es todo cuanto hay / no en el fondo sino encima de la cama / cuando besas y te besa».

Terminan de espabilarse y van semidesnudos a la cocina diseñada para tuberculosos a tomar café, galletas y chocolate. Rod la acerca hacia sí y se encorva para abrazarla fuerte. Ella vuelve a apretarse a su tronco, que es un mástil de carabela, y le arranca con cuidado una tira de piel quemada que comenzaba a enrollársele en la zona lumbar, formando un canutillo. Se la enseña. «I told you, Miami.»

Antes de que amenezca, Sara sale del edificio Cherokee.

Cruza la acera y desfila, recogiéndose el pelo con su pañuelo, hermanada no sólo con su compañera de piso sino con todos los inmigrantes que tratan de aprovechar valientemente las bondades de Estados Unidos, de arañar lo que se pueda, de obtener algún beneficio compensatorio a cambio de tanta supremacía. Abre el portal de su casa, sube los seis pisos y llega a su apartamento. Su capacidad de conquista le parece ilimitada.

Campo literario

Dicen que son minoría. Pero en la ciudad de Nueva York viven aproximadamente tres millones y medio de latinos, superando a la población afroamericana y a la asiática. No son el número uno pero casi; de vez en cuando puede resultar conveniente posicionarse en un estratégico número dos. Ellos lo saben. Se calzan y se echan desodorante en el vestuario del Pier 40. Gastan bromas sobre el olor de pies de Víctor. Martín da un palmazo en el culo a Poncho con sus espinilleras. «Tanta guata y luego no tenís poto, güeón.» En la ciudad hay tres editoriales hispanas, cuatro revistas especializadas en literatura latina y seis librerías que cuentan con un apartado pequeño de español. Faltan líderes que creen plataformas para las letras. Que pongan sellos, publiciten, coloquen lazos coloridos, conviertan en tendencia y vendan la hispanidad escrita. Por otro lado, en Nueva York hay más de treinta clubes de salsa, las empresas de cable tienen una oferta variada de canales latinos, cientos de restaurantes y camiones de comida ofrecen tacos y, con cualquier excusa, cada vez más estadounidenses se pintan el entrecejo, se ponen una camisa de china poblana y se disfrazan de Frida Kahlo. Poco a poco y por modas, es como va calando el patrimonio cultural. Lo saben. Por eso saltan al terreno de juego con un vigor de pobladores privilegiados. La batalla por la construcción cultural está a punto de librarse. Ellos han llegado.

El capitán se aplaude a sí mismo y a su equipo. Para jugar al fútbol, Peralta se pone al cuello una braga negra, se recoge la barba en una coletilla vikinga y se echa hacia atrás el pelo con una cinta. Este look, sumado a la tecnología *climalite* que lleva en forma de camiseta interior y de calzoncillos tupidos bajo la equipación, lo devuelve anímicamente a sus veintipocos, a cuando trabajaba de madrugada como reponedor de productos lácteos en diferentes puntos de venta del barrio de Hortaleza. Al pisar el césped artificial, Peralta se siente rejuvenecido, un poco chungo de barrio. Sobre todo, líder. Se quita la chaqueta y la deja en el banquillo, junto a un Illuminato que está disconforme con su posición de suplente. Peralta se dirige a las gradas y jalea con los brazos a los espectadores. Después llega estirándose hasta su posición en la portería.

—Qué ridículo es.

—A ver si ahora que lo publica Anagrama se consigue noviecita y deja de molestarnos a las compañeras. Creo que le intensea todos los días a Gladys con mensajes.

—Sí. En verdad no sé qué hacemos tú y yo acá, gritándole «alé alé». ¿Te das cuenta de que al final acabamos de cheerleaders? Como siempre ocurre, las chicas quedamos fuera.

Para constituir un equipo de categoría mixta, la gerencia universitaria requiere que en la agrupación haya al menos tres mujeres. Sólo María Eugenia y La Marica se inscribieron en Furia Literaria, por eso ahora ven y comentan los partidos desde el graderío. Ellas forman, junto a las dos Illuminate y a Linda —que ha asistido con una cohorte de venezolanos—, la escasa hinchada del equipo.

—Igual yo no estaba tan segura de querer jugar.

La Marica baja un peldaño haciendo equilibrios con sus botines de tacón. Saca de su mochila negra una bufanda también negra, y se la enrolla al cuello.

—Erí rebuena delantera y ellos dan vergüenza ajena incluso cuando calientan. —María Eugenia le extiende el brazo y la ayuda a subir de nuevo—. Se están perdiendo una goleadora.

—Un poco patéticos sí son.

—Y mira los aires que se dan los argentos. Insoportables

ellos, insoportables ellas. —María Eugenia acaba de descubrir que en la zona alta de la grada las Illuminate están fumando marihuana. Mueve su cresta rizada con un gesto desaprobatorio—. ¡Acá no se puede fumar, chiquillas! —les grita.

Furia Literaria no ha contado nunca con jugadores de Puerto Rico o República Dominicana a pesar de que, entre las comunidades latinas de Nueva York, la puertorriqueña y la dominicana son las más numerosas. En cambio, y aunque tradicionalmente los mandamases han sido mexicanos, argentinos o españoles, sí han vestido la camiseta gran cantidad de chilenos, colombianos y venezolanos. En el equipo tampoco ha habido nunca mujeres. Suena el silbato. De blanco, el equipo formado por los estudiantes de la escuela de leyes. De verde menta y con el logo de sus patrocinadores, Ediciones Los Sures, lucen los jugadores de Furia Literaria. En este momento controla Poncho. Corre por la banda con la pelota, da un pase a Martín Márquez, que regatea con mucho estilo a un futuro abogado mercantilista y penetra en el área enemiga, pasa después al Illuminato que dirige la editorial Quebranto y éste pasa a su vez al Illuminato chévere. Se va de uno, se va de dos, presiona un futuro letrado consistorial. Buena llegada de Poncho, que la lleva. Ahora es para Víctor, que parece no estar atento, y la pierde.

—Marica, ¿qué hace el Bolaño con las manos en los bolsillos?

—Víctor es que es el cerebro contemplativo del equipo.

«Andá a cagar, Bolaño.» «Peralta, chupamedias», gritan desde la parte superior del graderío las Illuminate.

Hay dos situaciones que afectan negativamente a Peralta: esa en que se cuestiona su autoridad y aquella en que se insinúa que sus decisiones son interesadas. Peralta es prepotente, a veces desagradable y frágil de ego. Pero también es enérgico, generoso, tierno en ocasiones y, sobre todo, un muchacho preocupado por el bien común. Al menos eso se dice a sí mismo. Mira al graderío. No le ha gustado que las argentinas lo hayan increpado. Trata de volver a concentrarse en el partido. La lleva Poncho, la lleva Martín. A Peralta le ofende que lo acusen injustamente, que lo tomen por un vendido. Históricamente, varias de sus iniciativas para amparar a los más vulnerables han sido malinterpretadas. Injusto fue, por ejemplo, cuando lo despidieron de la empresa de productos lácteos para la que trabajaba por sustraer tres cuajadas y comérselas de forma golosa junto con otro compañero en horas laborales. Peralta lo negó todo pero los registros de las cámaras de un hipermercado de Hortaleza no dejaban lugar a duda. En realidad su compañero estaba padeciendo un ataque de hipoglucemia y fue Peralta quien solventó el problema incitándolo a tomar algo. Cuajada y media después, el compañero se sintió reanimado y ambos siguieron trabajando toda la noche.

Peralta es un líder resolutivo que apoya a quien lo necesita. Eso también se lo dice a sí mismo. «Peralta, atento. Que ni la viste», le gritan. El equipo contrario acaba de meterles un gol y él, abstraído como está, por poco no se da cuenta. «No pasa nada. Venga Furia», grita, como capitán que es. Luego mira a la grada.

—Víctor será buen director de cine y habrá trabajado con James Franco, pero también es un nefasto jugador: ¿por qué Peralta no lo manda a la banca y pone al Illuminato, ah?

—Seguro que por halagar a la mafia. ¿Viste quiénes están allá? —María Eugenia señala a cuatro hombres y una mujer que conversan escalones abajo con Linda—. Son la pareja propietaria de Ediciones Los Sures y los tipos de Radiohispana. Entre todos pusieron el dinero para el equipamiento. Los venezolanos se mamonean entre ellos y seguro que han presionado a Peralta para que Víctor juegue.

Haniel le pasa el balón a un Illuminato. «Buena, Pelé.» El Illuminato lo recibe, se detiene, mira a los lados y mete las manos en los bolsillos imitando a Víctor. Acaudillar una revolución siempre es arriesgado, sobre todo cuando hay que desbancar a otro líder. Resulta necesario un primer gesto simbólico que entorpezca las dinámicas establecidas. Un gesto contundente, pero sencillo y reproducible.

—¿Qué hace el Illuminato quieto también?

—No sé, enloqueció.

El Illuminato permite —más bien propicia— que uno de los futuros abogados le arrebate el balón. El gesto resulta efectivo y los jugadores de la escuela de leyes contraatacan. Una entrada de Poncho recupera el balón para los verdes, y con la visión algo entorpecida por un exceso de sudoración frontal, consigue recorrer el campo animado por los vítores que provienen del graderío. Poncho, que sonríe mientras corre porque siempre es feliz, penetra en el campo contrario para pasarle el balón al Illuminato chévere. Éste es el punto crucial. Un gesto de liderazgo que no es secundado puede quedarse en una mera excentricidad. El Illuminato chévere sigue entonces el ejemplo de su compatriota y ratifica la revolución quedándose quieto, con el balón a los pies y las manos en los bolsillos.

—¿Qué putas hacen?

No es la primera vez que a Peralta lo retan. Más doloroso fue cuando, con dieciséis años, tuvo que echar a su padre de casa. Por sinvergüenza y aprovechado. Aunque su madre no estaba segura de querer separarse de su marido, Peralta sintió que debía proteger a las mujeres de su vida, que no eran otras que su madre y su hermana. Tomó las riendas del asunto. «Ya nos apañaremos, lo que no podemos es seguir aguantando a este gilipollas.» En esa época en que empezaba a leer «libros serios», el padecimiento paterno le hizo sentirse un poco Kafka con acné y concluyó que él también encontraría en la escritura el desahogo y la fuerza que necesitaba. Al principio Peralta escribía victimizándose. Más adelante le dieron ganas de que otros leyeran sus textos y la escritura acabó por producirle más ansiedad y deseo de reconocimiento que sosiego. Así, hasta el día de hoy.

Ahora los dos argentinos que están sobre el césped permanecen inmóviles. El chévere, a falta de bolsillos, introduce las manos en la goma elástica del pantalón y, desde las gradas superiores, una de sus compatriotas le grita a Víctor: «¡Venezolano, oligarco, no la mete ni en el arco!». El efecto contagio es crucial en el éxito de una revolución y, por lo que se ve, ésa ya cuenta con los suficientes adeptos. Peralta mira a la concurrencia. Tiene la sensación de que tanto el Illuminato del banquillo como el público venezolano le estuvieran pidiendo responsabilidades. También de que María Eugenia y La Marica andan hablando mal de él.

—Las argentinas dicen que te agarraste al marido de Linda, ¿sabíai?

—Ay, hijueputa, ¿eso dicen? —pregunta La Marica subiéndose hasta el cuello la cremallera de su abrigo negro.

—Sí, que como erí poliamorosa, no tení principios. ¿Y no te lo pescaste?

—Qué ah. Ni por el putas. Sólo que discutí con ella y me agarró los pelos; Linda es loca. La bulimia le ha hecho mal a la cabeza.

—La gente de esta maestría dice demasiada mierda.

—Buff... y además qué me voy a coger al marido de Linda si desde que estoy acá ni tiro. No sé qué les pasa a los manes.

—Yo también sigo sin sexo. A la hora de la verdad todos salen huyendo porque no soportan a las mujeres inteligentes. Me di unos besos con la Gladys, ¿sabíai?

—¿Y qué tal?

—Óptimo, entretenido. Y conocí a su hijo; un rubiecito. Quién me iba a decir que las circunstancias en esta ciudad me volverían torta. ¿Tú a quién les vas, a los argentos o a los venecos?

Dos bandos: argentinos y venezolanos. Ambos sintiéndose capaces de abanderar la cultura letrada hispana en Nueva York. Peralta en medio, ansioso por reafirmar públicamente su liderazgo, arreglándose la cinta que le mantiene el pelo hacia atrás. Diciéndose que se van a enterar en el descanso. Piensa ponerles las cosas claras. Algo le oprime el tórax. No sabe si tiene ganas de vomitar o de llorar.

El balón es para Martín, Martín para Haniel, Haniel para Poncho. De los siete jugadores de Furia Literaria que hay en el terreno de juego, sólo juegan cuatro que, por no intensificar el conflicto, no se atreven a pasar el balón ni a los Illuminati ni a Víctor. Quieren ser escritores profesionales y para ello saben que es necesario conocer las redes de la cultura: qué discursos están circulando, en qué medios, cuáles son las preferencias de la crítica, qué puede resultar novedoso. Sobre todo saben que no sirve de nada conocer las redes de la cultura si no se puede acceder a ellas. ¿A quién contestar? ¿Cuál de los dos bandos tomará el control?

El árbitro pita el final de la primera parte. María Eugenia baja de la grada y, dando pasos cortos, la sigue La Marica. Son minoría, secundarias, pero por un momento se les ha olvidado y reparten entre los jugadores bebidas isotónicas, barritas de cereales y chocolates. Los Illuminati les sonríen, Víctor también les sonríe. Su marginalidad les permite complacer a todos por igual. «En la segunda parte remontan, muchachos, van a ver.» Martín le revuelve los pelos a Poncho: «Muy bien, gordito». A ellas les queda claro: de vez en cuando lo conveniente es posicionarse en un estratégico número dos.

Relaciones semánticas

«¿Qué onda? Vienes a la casa como a las 5?» Poncho solía escribirle algo así. Entonces Sara llegaba a Jackson Heights, hablaban un rato en inglés, hablaban sobre todo en español, leían, escribían y pedían comida. Pero hoy Poncho está aburrido, tumbado en su cama. Escucha los pitidos de los coches, el traqueteo del metro elevado, la música que acaba de poner el vecino. La tiene a todo trapo. Por animarse, porque si de algo está necesitado después de su última entrega en la clase de Selma es de ánimo —y ahora que le han denegado el crédito para estudiantes estadounidenses, lo está de dinero y, por qué no decirlo, de afecto—, extiende el brazo, abre el cajón superior de la mesilla de noche y se come un Carlos V. Su libro de poemas transfronterizos protagonizados por un joven tijuanense llamado Mario, que cada día cruza la valla para defecar en Estados Unidos, fue ridiculizado en clase y después bautizado en el bar como el «*poo*Mario».

En el primer poema, «With Liberty and Justice for All», Poncho muestra cómo le costó entender el ritual matutino del saludo a la bandera estadounidense al entrar en la escuela primaria. Un Mario de cinco años con un poco de papada, pasión por los mapas y cierta pesadumbre pasa su primer semestre jurando por Alicia. Le parece un gesto bonito ése; el de jurar cada día con la mano derecha puesta en el corazón. Sobre todo porque Alicia es el nombre de su tía abuela la que vive en Chihuahua, que huele a violetas y siempre los visita con regalos. Cuando a la vuelta de las navidades, un compañero le hace ver que lo que debería estar haciendo es jurar «allegiance», es decir, «lealtad», el país en el que estudia comienza a enrarecérsele. El poema finaliza cuando, a diferencia de lo que le habían explicado en casa, su profesor de geografía asegura que existen siete continentes: Norteamérica, Sudamérica, Europa, Asia, África, Australia y Antártida. La partición del continente americano en dos, a Mario le escinde demasiadas cosas.

Además de decaído, Poncho está nervioso. Esa mañana se llevaron a cabo las tres entrevistas para la beca Ourworks. Antes de marcharse, él recordó a los miembros del comité que, a diferencia de las otras dos candidatas, maneja perfectamente el inglés y posee nacionalidad estadounidense. Lo que no sabe es que sus compañeras también guardaban ases bajo la manga: Linda mostró unas fotos en las que aparece descalza, radiante y con una nariz de payaso impartiendo talleres a unos muchachos en riesgo de exclusión social en la ciudad venezolana de San Fernando de Apure. Sara entregó una recomendación del director de Fulfill-a-Dream conseguida quién sabe si gracias al eficiente voluntariado que está realizando o a su idilio con el gestor de la fundación; es decir, con Rod. El informe que Selma escriba sobre ellos terminará de decidir quién gana la beca.

Sara regresa en metro de su jornada como voluntaria. Mira el móvil. Poncho no le ha escrito. Llega a su parada y continúa algunas estaciones más porque hacer la compra en el East Harlem resulta mucho más barato que en su barrio. Calcula cuánto tiempo le va a durar el dinero de la beca. Uno, dos meses. Como mucho hasta finales de febrero.

Poncho ha oído decir que Sara anda enrollada con otro. Que el herpes labial que tiene es de tanto hacer mamadas. Pero la gente de la maestría habla mucho. A saber qué andarán diciendo de Linda y de él. Una semana atrás se tomaron una cerveza en un bar colombiano de Queens que tenía música en vivo. Aunque Linda tenga marido, a Poncho le dio la sensación de que se le insinuaba. Le pareció raro que hiciera algo así: es alta, delgada, con ojos azules, inteligente... ¿qué necesidad de flirtear con un chico como él podría tener? Decide escribirle un mensaje «para hacer presencia» y de paso saber cómo le fue en la entrevista. «Creo que me fue bien, Ponchito, ¿cómo estás tú?, ¿saliste contento?» Le parece claro; ella le está dando pie. Al menos para intercambiar algunos mensajes más. Piensa qué podría contestarle y si debería escribir a Sara, a pesar de eso que andan diciendo de ella. Se come otra chocolatina y tararea con la boca llena la canción de Estopa que le llega a través del tabique. No entiende qué es un «piñazo», «un garito», «estar mosqueao» o un «Seat Panda». Imagina que esos términos se refieren a la flora y fauna ibérica.

Sara llega a su apartamento cargando con las bolsas de la compra. «Sono arrivata», le dice a Annalisa pero ésta no responde. Se sienta en el sofá de la sala, se desabrocha el botón de sus pantalones pitillo y revisa una vez más el móvil; no tiene mensajes. Poncho tampoco respondió al que ella le escribió el día anterior. Le extraña que no le pregunte cómo le ha ido en la entrevista. Quizá ella debería escribirle de nuevo, sin embargo, teme verse obligada a confesar su voluntariado, a parecer una trepa, a hablarle de Rod.

Sus primeros días en Fulfill-a-Dream fueron tensos. Rod trató de evitarla pero, como en la oficina los espacios son diáfanos, acabó por relativizar la importancia que podría tener algún que otro encuentro poslaboral que incluyera palpar los huesos pélvicos más diminutos que ha visto en su vida. Al fin y al cabo, la vida es una y además breve.

Sara baja a la calle para tener un poco de privacidad y llama a La Marica.

—Poncho no me responde y tengo miedo de que Annalisa sospeche algo. Creo que voy a decírselo; sería lo más honesto.

—Qué ah, esa vieja no sospecha nada. Igual, en una relación de tantos años y en la que se pasan el tiempo discutiendo, un poco de sexo por fuera está súper bien. Yo diría que incluso les estás avivando la llama. Además, la monogamia no existe: si no eres tú, será otra. Eso sí, que sean unos cachos responsables: ya tuvieron su tiradita, ahora ya paren la vaina y ni puel putas le cuentes nada a esa vieja. Y el gordito... no sé, tendrá algo... nervios con todo esto de la beca. Cualquier cosa, pero imposible que sepa de lo tuyo con el gringo. ¡Si sólo me contaste a mí!

En realidad, La Marica le comentó algo muy someramente a María Eugenia. María Eugenia se lo dijo a Gladys. Gladys a un Illuminato.

—Gracias, Marica, me quedo muchísimo más tranquila.

«Ahorita no. Le marco después; ya que suene esta canción», se dice Poncho, convenciéndose de que debe llamar a Sara porque, después de todo, es su mejor amiga. Espera a que termine «Me colé en una fiesta» pero el vecino la repite en bucle y es como si nunca se acabara. Poncho entra en un estado catatónico, en un eterno retorno mecaniano. Decide olvidarse por hoy de ella, ya pensará al día siguiente cómo actuar. Llena el saco de ropa sucia para llevarlo a la lavandería, barre su habitación, toca un rato un bongo que tiene para desestresarse, juega cinco partidas de póker online y gana doscientos veinte dólares. Vuelve un rato a la cama y se frota los ojos. Sigue sonando la misma canción: «Mucha niña mona, pero ninguna sola...». Para Poncho las «niñas-monas» siempre habían sido muchachas de rasgos simiescos. Ahora se acuerda de que Sara también emplea la palabra «mono» con otro sentido y se le abre un mundo de significados. Coloca sus libros. Hace su cama. Ha sido fácil, se ha olvidado de ella. Cuando el vecino por fin cambia de canción y realiza un tránsito hacia la melancolía, Poncho descubre que las «tiritas pa este corazón partío» no vienen del verbo tiritar.

El acto de agresión

Está Linda. Está la música del bar; un recopilatorio de grandes éxitos del rock. Está Collum, el camarero, tras la barra. Del otro lado están prácticamente todos los compañeros del máster, bebiendo. También, cómo no, está Poncho.

Linda se deja invitar a una cerveza y la coloca sobre la máquina recreativa. Luego acepta otra más. A cambio sólo está dispuesta a darle unos piquitos. «Así», le explica, y le da un beso. «Así» y, ladeando la cabeza, le da otro.

Se separa despacio. Haciéndole sentir con más intensidad su distancia que su cercanía. Sometiendo a Poncho y a su pituitaria al aroma a coco de su acondicionador. Se ríe. Le cuenta que está con antojo de empanadas. Que hoy, llegando a la biblioteca por Waverly, una señora que pasó a su lado le robó la botella de agua y la comida que venía cargando desde su barrio.

—¿Tú crees? Me arrancó la bolsita con las empanaditas de las manos la piazo e loca esa. Se fue corriendo. Imagínate, y yo ahí parada, sin saber qué hacer.

Por los chismes que Poncho ha oído, supone que Linda es bulímica, anoréxica o algo por el estilo. Lo sea o no, como la comida es una de sus pasiones, se alegra de poder hablar con ella de empanadas.

—Pues así es acá. La gente está bien piratona. Antes, a los locos de Nueva York los tenían en el islote que hay entre Manhattan y Queens, en Roosevelt Island. A todos metidos en un edificio que se llamaba Octagon. Ahorita los locos andan sueltos. Creo que hacen cosas raras nomás para expresarse, porque en esta ciudad la gente necesita expresarse mucho. Pero la gran mayoría son inofensivos. No sé cómo le hacen los gringos para controlarlos, si los drogan o qué. Algo hacen para volver a los locos casi inofensivos. A los locos sin lana, digo. Pero oye, ¿empanadas?, ¿empanadas de pino traías? Ufff, a mí más bien se me antojan unas quesadillas.

Juegan a la máquina recreativa que hay frente al baño. The Hunter, se llama.

—Está bien chila, ¿no?

—Sí. —Linda caza leopardos, ciervos y un alce—. Ay, chico, ¿sabes que Gladys dice que lo de Peralta era mentira? Lo engañaron al pobre. El email de Anagrama resultó falso.

—Sí, sí, ya sé...

Poncho también caza leopardos, ciervos y alces. Además, caza osos.

—Chamo, no puedo creerlo. ¿Quién hace esas bromas? —De repente lo mira atenta y lo empuja—. ¡Fuiste tú, perro!

—Jugando nomás. Pero Peralta se emputó...

—No me extraña que se molestara. Mierda, pobre tipo. Él estaba convencido de que tenía un email de Jorge Herralde. Te pasaste.

El contador digital de The Hunter proclama a Poncho ganador.

—¡Te toca invitar al campeón!

Como sabe que Linda no lo invitará, Poncho pide dos cervezas, aunque esta vez paga sólo la suya, no vaya a ser que, para colmo, luego ella le gane la beca Ourworks. Por tratarse de Collum deja, además, un dólar de propina.

—Trabajando como asistente de los profesores has de tener otros chismes.

—Ajá. Manejo mucha información. Más de la que me gustaría.

—Cuéntame un chismecito.

—Averigüé cosas graves. Discutí hace unas semanas con una caraja por eso.

—Dame más pistas.

—Sólo te digo que La Marica no es confiable.

—Cuéntame más.

Ahora, para no parecer soso, es él quien se acerca. Como le han dicho que sólo piquitos, no hace el intento de meter la lengua. En las escuelas norteamericanas repiten muchas veces a los jóvenes que si ellas dicen que no, es no. Si de alguna forma se les ocurriera insistir o las forzaran a hacer algo que no quieren, ellas podrían —más bien, deberían— denunciarlos por acoso sexual. Linda le acaricia los pelillos del bigote. Él se da cuenta de que tiene las manos calientes y refuerza su teoría: «De seguro está prendida».

Trata de ser lo más observador y realista que puede; de «think clear», como solían decirle en la escuela. La ve sentada en el borde de la mesa de billar. Al principio tiene las piernas juntas y bromea. Luego bromea cada vez menos y va abriendo las piernas, acogiéndolo entre ellas, haciéndole con sutileza la maniobra envolvente de la tenaza. Poncho deposita su mano en uno de esos muslos y, al darse cuenta de que, a pesar de ese frío que hace a finales de noviembre, Linda no lleva medias, se siente con derecho de medrar verbalmente: «Ándale, vamos a Jackson Heights», y le toca el pelo, tratando de evitar toda esa cantidad de horquillas y de no descolocarle la flor de plástico que lleva sujeta. Prefiere llevársela a su casa. Sobre todo porque le da pudor que los compañeros del máster, al pasar por ahí de camino al baño, los vean dando el espectáculo. «Bueno, que nos vean. Y si le dicen algo a la española, mejor. Así cotizo al alza en el mercado del amor.» Eso se dice, porque él se dice muchas cosas. Pero en realidad trata de pensar una estrategia para llevarse a Linda de allí y evitar futuros problemas. Por temor a estropear ese momento y perder su oportunidad, finalmente evita insistir más en la idea del cambio de localización.

La oportunidad es la clave, sí. Porque ella es alta, de ojos azules, escribe post políticos inteligentes en Facebook, sus compañeros la estiman, está felizmente casada y, sobre todo, es alegría, tintineo de collares y color. Él se siente menos colorido; más marrón. Alguien debería decirle que eso da igual. Que en los ayuntamientos carnales lo que menos importan son las características difícilmente mensurables de sus protagonistas. Que lo fundamental en este caso es la oportunidad que semejante idilio le pueda generar: experiencias nuevas para ese gran cuerpo suyo, un estímulo a su ego mórbido, afecto, segregación de testosterona y, con suerte, de otras sustancias atrozmente contenidas en sus genitales.

Entonces llega Víctor. Se les queda mirando. No dice nada. «Tamadre, ¿y éste?», pregunta Poncho. Como Víctor sigue ahí y los está incomodando, ella se baja del billar y le habla. Víctor parece incapaz de ver los giros positivos que el erotismo puede provocar en las vidas de dos veinteañeros en Nueva York y se acerca al oído de ella:

—Éste es el medio novio de la españoleta.

—¿Ah?

—Sí, verga, éste es la Malinche de la españoleta.

—¿Qué Malinche? No te entiendo, Vic.

—Sí, coño, así le dicen: por mexicano y vendepatria. Se la pasa explicándole a la españoleta y le traduce toda verga al inglés. Además, naweboná de feo, gordo y mal escritor... ¡acuérdate, es el del «*poo*Mario»! Un peo que te metas ahí. Piensa en la habladera de paja de todo el mundo cuando se enteren de que andas con este bicho.

—Ay, verga, ahoritica no, Vic. Mejor te brindo algo y ya luego hablamos.

Linda pide a Collum que le sirva una cerveza a su amigo y la cargue a su cuenta. Aunque Víctor ha ganado en los últimos años varios premios cinematográficos, ella no puede olvidar el estrato del que proviene y siente que debe invitarlo. Víctor se va con su cerveza y ella vuelve a lo suyo. «El Bolaño un poco también como que se escapó del Octagon, ¿no?», pregunta Poncho. Linda no responde. Ella nunca hablaría mal de Víctor. Está sonando una canción del recopilatorio de grandes éxitos del rock que conoce y baila. También Linda ve una oportunidad ahí: quizá porque toda su vida estuvo obsesionada con el físico propio, su tolerancia con los desastres corporales ajenos es amplísima. Como dijo Víctor, Poncho no es muy guapo, pero resulta tremendamente divertido. Es más, estar con un chico como él le supone una aventura social que no podría permitirse en su país.

Poncho mueve la cintura para distender el cuerpo. Para sentirse a tono. Se acerca, la huele con sutileza. Coco. Trata de disfrutar todo lo que puede sin dejar en ningún momento de ser prudente. Luego se dice que a la mierda la prudencia.

Encienden las luces del bar. «Pero ¿cómo? Toda la gente se fue», se sorprende Linda. Añade que tomará un taxi. Le dice adiós a Collum con la mano y sale del bar pero, en vez de dirigirse a la acera de West Fourth con la Sexta Avenida, se pega a la fachada del edificio de al lado. Poncho se le acerca porque siente que es lo que debe hacer. Aunque están entre cubos de basura y sería más que probable que en cualquier momento apareciera una rata, intenta no ser ni previsor ni analítico. Se pega a ella y se dan besos. Unos besos que ahora no son de piquito. Él aprisiona uno de los brazos de ella con su axila.

—Ahora trata de moverte.

—¿Cómo dices?

—Trata de moverte. Es una técnica de lucha.

Linda comprueba que está inmovilizada y ambos se ríen.

A los once años Poncho decidió apuntarse a las clases de lucha grecorromana de su escuela estadounidense. Su padre lo había llevado de pequeño al auditorio estatal de Mexicali para ver combatir a un luchador que se llamaba como el hospital psiquiátrico de Roosevelt Island. «Octagón, Octagón es el ídolo, sí. Bienvenidos a la pasión. Lo tiene. Ahí está. Es su oportunidad. Lo tiene sangrando bajo la máscara. Ahora sí, señores, contra el suelo, esto es el final: es uno, es dos, es treees. Ahora sí; Octagón loooo rinde...» Pero a él la lucha mexicana le resultó demasiado descarada. «Mamá, me inscribí. Pero no es como tú piensas; la lucha grecorromana es un deporte histórico. Es la lucha de verdad; uno de los primeros deportes olímpicos, sin máscaras, sin tanto showcito como en la tele.» Así pasó él dos años, compitiendo en la categoría de 47 kilos. Luego otros dos en la categoría de 53, ganando todos los torneos estatales y en una ocasión el campeonato nacional.

—De nuevo. Trata de moverte.

—Imposible —dice ella riendo.

Poncho le enseña entonces sus orejas de coliflor.

—Pues ¿no te dije que fui campeón de Estados Unidos en 2002?

Pese a que han transcurrido diez años desde aquel último triunfo y cuando dejó el deporte ganó kilos hasta alcanzar los 128 que pesa en la actualidad, ella disfruta de las extravagancias del exluchador y se gira para poder sentirlo pegadito a su espalda.

—Vamos a la casa. Te invito mañana a desayunar unas quesadillas en Jackson Heights y hasta te doy chocolate.

«Public display of affection», piensa él. Así lo llaman; pronunciado «pi di ei». Poncho aprendió pronto que aquellas supuestas «faltas a la moral» que en Mexicali eran tomadas a pitorreo, del otro lado podían ser consideradas un asunto serio. Los arrestos por «lewd conduct» conllevan problemas legales y sociales muy graves en Estados Unidos. La exposición sexual indecente supone una agresión a la comunidad y, por lo tanto, una violación del código penal. Para tratar de prevenir estos actos desde la educación, al cumplir dieciséis años, todos los estudiantes de su escuela recibían una clase especial y su folletito explicativo:

Lewd conduct is defined as touching your private parts (or another's private parts) when you do so:
- for the purpose of sexual gratification
- to annoy or offend someone else

Private parts refer to:
- the genitals
- the buttocks
- a female breast

Poncho mira hacia los lados y alarga un brazo para meterle la mano a Linda dentro del sujetador morado que lleva. Le agarra una teta.

—No, así, con cuidadito. Uy, sí, con cuidadito, Ponchito, mmm...

«Cógetela —se dice—. Cógetela ahorita mismo que no pasa nadie por la West Fourth.»

—Mmm... no, uy, uy.

«Qué nalgas. Cógetela y mañana en la maestría eres el máster. Me cogí a la venezolana en la calle y sin condón, vas a decir.»

—Qué fino, Ponchito. Así. No, ven acá. Uyyy. Sí, con cuidadito.

Y al volver la cabeza para mirarlo, se le caen dos horquillas del pelo y luego la flor.

Él se desabrocha los vaqueros. «Ahora sí, señores, ahí está. Ahora sí. Bienvenidos a la pasión.» «Ahorita me la cojo bien duro», se dice. La acaricia por encima de las bragas.

—No, uy, mmm...

A Poncho le entran dudas: ¿habrá dicho Linda que no?

—Sí, Ponchito, con cuidadito. No, mmm... uy, uy. —Le tintinean los collarcitos.

Ahora la acaricia por dentro de las bragas.

—Mmm... ay, no, mmm...

No sabe si debe parar. Le parece que Linda ha dicho varias veces que no. Desde luego, está siendo descarado. En ese momento no pasa nadie por ahí pero mantener relaciones sexuales en plena calle es sin duda *lewd conduct*.

—Qué fino, Ponchito. Arrímate.

Él se frota contra las nalgas de Linda y la sigue tocando.

—Uyyy, mmm... Uyyy, no, no.

Ahora sí está seguro de que le han dicho que no. Dos veces, además. Por eso se separa de ella.

—¿Chamo, qué pasó?

Poncho está confundido. Definitivamente, «es uno, es dos, es treees», pero él *no es el ídolo*. No es mexicano siquiera. Y culpa por ello a las instituciones estadounidenses que aspiran a hacerlos inofensivos, a emascularlos a todos. Linda alza las cejas sintiéndose despreciada. Él duda si debería volver a besarla o pedirle perdón por haberla tocado de esa forma en plena calle. Sin ser capaz de hacer otra cosa que bajar la mirada, tan púdico como desnacionalizado, se agacha y recoge sus dos horquillas. Dando su lucha interna por finalizada, le devuelve la flor.

Posibilidad de trabajo en NYC

Luisi Reinosa: Hola a todos, a mi marido le han ofreçido trabajo en NY y estamos dudando si aceptarlo porque tenemos 2 niños pequeños y la vida, la vivienda y las guarderías allí son carísimas. Me podríais decir el rango salarial para poder vivir allí y llegar a fin de mes? Muchas gracias.

Claudio Gobeo: Para vivir sin lujos y dignamente tendrias que cobrar minimo entre $8000 y $12000 al mes.

Aurora Eli: eso no es asi. Yo no gano eso ni loca. Y vivo dpm. Asi que no asustes a lo loco.

Claudio Gobeo: Vives de puta madre porque no tienes hijos y no resides en Manhattan, puede ser?

Aurora Eli: quien te ha dicho que no tengo hijos.

Existo porque quiero: Joer, **Claudio**, yo no gano eso tampoco y vivo bien.

Claudio Gobeo: Estoy viendo fotos en tu Face y ni tienes hijos, mentirosa.

Aurora Eli: si que tengo no estas mirando bien.

Claudio Gobeo: Me vas a decir que el negro es tu hijo?

Marta Jaramillo: Somos los conguitos y estamos requetebién vestidos de chocolate con cuerpo de cacahué.

Aurora Eli: podría denunciar vuestros comentarios.

Marta Jaramillo: Es una canción y reconoce que no tienes hijos.

Aurora Eli: es una cancion claramente racista, me estais faltando al respeto y yo no se lo he faltado a nadie.

Marta Jaramillo: Mira la que acusa de racismo! Yo he sido de las que ha votado a Obama en la reelección, así que no habléis si no sabéis.

Claudio Gobeo: Manhattan's middle class exists somewhere between $45,000 and $134,000. But if you are defining middle class by lifestyle, to accommodate the cost of living in Manhattan, that salary would have to fall between $80,000 and $235,000...

Copiado directamente del NY TIMES.

Raúl Scherman: Quién dijo Manhattan? Qué pasa con Queens?

Ángela GM: Datos aproximados mensuales tomando en cuenta que sois 4 en total:

500 x persona un Buen Seguro Médico.

2500 x persona guardería-escuela (privada).

3500 apto.

800 groceries.

Tel 150.

Cable 100.

Electricidad 100.

Abono transporte 130 x persona.

36% Impuestos del gobierno.

Sobre el salario total no se paga impuesto por dependientes, por cada uno descuentan $1000 (niños o esposa/o que no trabaje).

Súmale a esto cualquier salida como restaurantes (precio medio 30$ x persona), vacaciones (ir a España, verano niños, etc), gastos médicos no incluidos (out of pocket), etc.

Por este motivo creo que los ingresos familiares deben de ser 200000 para no tener dolores de cabeza.

Aurora Eli: no se como vivimos todos aqui! O todos ganan $200,000 al año?

Existo porque quiero: Sois unos hijosdeputa en este grupo. Os encanta joderle las ilusiones a la peña.

Evocaciones

De camino a la cocina, la abuela se va topando con algunos de los bolígrafos viejos que están desperdigados por la casa. Uno en la mesa de la sala de estar, otro en el taquillón de la entrada. Para quitarlos de en medio, los mete en la cesta de los hilos. Son unos bolígrafos publicitarios blancos con tapadera negra en los que pone «Clínica Dental Dr. Cordón» y el número de teléfono que durante diecisiete años perteneció a la consulta de su hijo.

«Tenéis que darle gracias a Dios», solía decirles la abuela. En el siglo xx español, tener un padre dentista era, por principio, un privilegio. Pero cuando tocaba revisión, Sara dudaba de su suerte. A su hermano le echaban un vistazo rápido y lo mandaban a casa. En cambio a ella siempre había que empastarle algún molar, a pesar de que se lavaba después de cada comida, se enjuagaba con flúor y usaba unas pastillas rojas reveladoras de placa que confirmaban su pulcritud. «Tendrás el esmalte delicado, Saruquera», le decía la abuela, que en la clínica trabajaba como recepcionista y gracias a eso recibe una pensión contributiva, además de la que le corresponde por viudedad.

Coge la tarjeta de llamadas internacionales, se sienta y descuelga el auricular. Marca muy despacio. Responden en chino pero no se amedrenta. A base de constancia, la abuela ha aprendido que debe pulsar el número 2 para que le hablen en español. Siguiendo unas instrucciones que ahora sí entiende, marca el código que le apareció al rascar la banda plateada y luego los números que tiene anotados en su cuaderno: el prefijo de Estados Unidos, seguido del teléfono neoyorquino de su nieta.

Como en la clínica de su padre no había asistente, los días de revisión odontológica Sara debía sujetar el aspirador que le succionaba la saliva y hacía un gesto de mandíbula descolgada semejante al que ahora hace su abuela mientras espera a que la llamada dé señal.

—Venga, enano, abre bien.

—¿Ejo qué ej? —preguntaba a su padre al ver el taladrillo que se le acercaba.

—El torno.

—¿Y ejo?

—La fresa.

—Puej no jabe a freja.

—Anda, calla y abre bien.

La fresa de su padre no sabía a fresa; ni su instrumental ni sus procedimientos estaban dulcificados para evitar el rechazo de los pacientes. Tampoco se ofrecían piruletas o chocolates sin azúcar como regalo a sus pacientes más jóvenes. Esto, sumado al deficiente estado de salud del doctor Cordón, fue provocando que la clientela se pasara a otras clínicas más blancas y luminosas, con muebles ligeros, que además ofrecían servicios integrales y contaban con higienistas, auxiliares de clínica y recepcionistas mucho más jóvenes que la abuela.

Por fin suena el tono. La abuela se yergue y alimenta su ilusión evocando a la nieta. A una nieta que escribe en su cuarto infantil, en un cuaderno. Como a la abuela le cuesta representarse la vida actual de Sara, la imagina rodeada de papeles, con los bolígrafos de su padre, a la manera de antaño.

No lo cogen.

La abuela no tiene inconveniente en esperar el tiempo que sea y se entretiene dibujando caracolillos en el reborde del cuaderno. Está segura de que cuando su nieta escribe, también la evoca a ella.

Darle la corona a un tonto

Las clases con Mariano son distendidas. Selma, en cambio, infunde un respeto místico de maestra Jedi.

Cada miércoles en su taller se repite la misma dinámica: dos alumnos permanecen en silencio, sin derecho a réplica, mientras escuchan las críticas que les hacen sus compañeros. La profesora preside estas sesiones observando con sus párpados subrayados con lápiz de khol negro. Selma no sólo se preocupa de formar escritores, sino también críticos literarios. Bebe un Diet Snapple de albaricoque y dibuja en el listado de alumnos una palomita —o dos, o incluso tres— al lado del nombre de quien opina. Sus criterios de evaluación son un misterio pero se rumorea que cuantas más palomas se consigan, tanto mejor.

Tras una ronda bastante favorable para la novela multimedia del Illuminato chévere, le toca el turno al libro de Sara. Ya es costumbre que el primero en hablar marque la corriente de opinión que seguirá la clase. En este caso, Víctor abre la veda para que sus compañeros se expresen sin tapujos: «Falta trabajo en la construcción de todos esos personajes que ha metido en el libro. Además, el padre y la abuela parecen como de película almodovariana pero aburridos. Por otro lado, ¿son ustedes capaces de imaginarse los escenarios en que se desarrollan las acciones? Yo ni de broma». El venezolano se quita los zapatos y se recoge el pelo en una coleta para terminar de sentirse cómodo. «Yo me pregunto por qué su autora habla de la frontera mexicana sin saber. Me pareció que al inicio se entrevé algún tema reinteresante, como el de la crisis de su país. ¿Por qué no habla de eso mejor? Ahora que los españoles tienen problemas, veamos cómo nos los cuentan al tercer mundo», dice una Illuminata. «¿No les parece condescendiente y neoimperialista que se exotice el habla de los latinos? ¿Y toda esa vaina del chocolate en cada capítulo? ¿Ustedes entienden algo?», observa Linda, que necesita mostrarse perspicaz si quiere conseguir el mejor informe para la beca Ourworks. Le gustaría añadir algo más. «Continúe, querida», dice la profesora. El olor a pies que hay en el aula por culpa de su amigo Víctor la desconcentra y no recuerda qué iba a decir. Se queda frustrada, pero de todas formas consigue una palomita. Toma la palabra María Eugenia. «Siento lástima por ese "yo" tan inseguro, tan autocrítico, con baja autoestima, que es dependiente de la mirada y la opinión de los otros. Es un personaje que necesita empoderarse.» Tres palomitas para María Eugenia. «Me parece que está bien escrito, pero hay un montón de lugares comunes: Nueva York como ciudad donde los sueños se cumplen, la colombiana que está buena, el mexicano de la frontera, la venezolana anoréxica, la española conquistadora, el yuma rubio y limitadito... pero ¿dónde está aquí el pollo del arroz con pollo? ¿De qué está hablando de verdad el texto?», pregunta Haniel. Todos asienten concluyendo que no termina de contarse nada relevante. La próxima en intervenir será La Marica. Le disgustaría señalar en público los defectos de ese texto porque Sara le cae bien. Como la tarea se le impone, trata al menos de ser constructiva: «En mi opinión, sobran algunos chistes y unos cuantos comentarios escatológicos que no aportan mucho, como aquello de las "heces blandas"». «Faltas tú, querido Poncho.» «Sí, profesora. Yo digo que... bueno, ahorita es una novela en proceso y pues aún no se sabe bien.» Hasta aquí su opinión. Poncho está consternado. Aunque había leído los borradores anteriores, ahora le parece haberse reconocido como personaje. Desgraciadamente, su comentario le vale un *sauce al viento* de Selma que es, en apariencia, un gesto poco halagüeño. Y es que, más allá del misterio de las palomas, está el de las posturas que la profesora adopta mientras transcurre su taller. Por ejemplo, el mencionado *sauce al viento*: la profesora se lleva las manos a la frente, deposita los codos sobre la mesa y arrastra lateralmente su espesa cabellera gris como diciendo: «No, no». También está *la crucifixión*, que consiste en un despliegue de sus brazos mientras cierra los ojos y permanece hierática en la silla. Varias generaciones de alumnos han tratado de descifrar el significado de estos gestos. Las hipótesis son de lo más variopintas y de momento sólo se ha podido concluir que Selma los realiza cuando está disconforme. Pero hay un gesto inequívoco, *la muerte tenía un precio*. Un gesto que llega a ser más expresivo aún los días fríos en los que la profesora se pone un chal de estampado indígena que sus alumnos juran haberle visto a Clint Eastwood en alguna película. Para llevar a cabo *la muerte tenía un precio*, Selma se coloca de forma lateral en la silla, extiende un antebrazo sobre la mesa y entorna los ojos como si todo el sol del salvaje Oeste le estuviera pegando en la cara. «Muchacho querido, váyase preparando. Si continúa por ese camino, le saco el 45 Long Colt», parece decir. En realidad la profesora no abre la boca pero aquí las interpretaciones coinciden. Sobre todo porque, como sus alumnos han comprobado, a su debido tiempo Selma dispara.

En el momento en que la ronda de críticas termina y queda poco té en la botella de Diet Snapple, la profesora relaciona los dos textos del día con libros canónicos con los que considera que comparten afinidades. Así, hoy, aludiendo a los clichés femeninos «que ya no *producen* sino que *se reproducen* casi industrialmente desde el siglo xix», asocia la novela multimedia del Illuminato chévere con *Madame Bovary*. «Moderna en su forma, conservadora en su fondo.» Después, pasa al manuscrito de Sara: «Ratifico varias de sus observaciones, muchachos, pero quizá no entendieron lo esencial: es el texto de un universo femenino que choca con las instituciones culturales y con los discursos que éstas fabrican. Por otro lado, veo aquí dos representaciones de importancia no menor: la del hispanismo cultural pituco y la de la vida del escritor becado que está más atento a que le paguen y a vivir, que a escribir. Hay aquí una intención de desmitificar el oficio y de mostrar las tonteras y las demandas sociales que impiden la escritura. Pienso en infinidad de libros que han tratado esto, como *La novela luminosa* de Levrero. Y aunque este manuscrito insiste en lo mismo, me pregunto si quizá no es necesario que alguna mujer más hable desde la posición de la escritura privilegiada y, al mismo tiempo, desde la subalternidad».

Un Illuminato mira a otro Illuminato. Víctor se quita sus gafas de cerca y mira con gesto de confusión a Linda. Ella pide permiso para ir al baño mientras Gladys, que se aburre, se soba las manos. Se dice que ya casi está de vacaciones, que ojalá salgan pronto. Hoy preparará tallarín saltado para celebrar que se acabó el semestre. Sonríe a María Eugenia. Cuando estén fuera va a preguntarle si quiere ir a su casa a decorar el árbol de Navidad con ella y con su hijo. María Eugenia no le devuelve la sonrisa porque está mosqueada. Ella ha sido alumna del fallecido Levrero y siente que Selma está faltando a la memoria de su maestro. «¿En qué se parece la hueá esa a *La novela luminosa*?» Además, en el caso de que alguien en esa clase tuviera un germen de Levrero en su escritura, sin duda sería ella. Se enrolla en el índice uno de sus rizos, resopla. Unos minutos después, y sin saber si es porque se está produciendo un cambio de atmósfera en el aula, le devuelve la sonrisa a Gladys, suelta el rizo del dedo y piensa que qué más da; al cabo, el texto de Sara es simpático. Por su parte, tratando de ignorar el puyazo crítico que acaba de recibir, el Illuminato chévere mira a La Marica sobándose su melena de pantocrátor bizantino y le cuenta en voz baja lo que ha descubierto: «Peralta. Fue una joda. Una joda de Poncho. No lo publica Anagrama. Está hecho bolsa». Dada la nueva condición de desprestigio que ha adquirido el chévere en el taller, La Marica no sabe si debería continuar dedicándole tanta atención. Lo mira. Después de un rato le sonríe únicamente porque es su compañero de piso. Quien también sonríe es Poncho, que siente el éxito de Sara como propio. Está seguro de haberse reconocido como personaje en la novela y eso le emociona. Sobre todo porque es uno de los protagonistas. «Enhorabuena», vocaliza desde la silla de enfrente. Sara no se entera. Está pensando si de verdad su texto habla de todas las cosas que ha dicho la profesora.

«Recuerden el privilegio que supone tener a tantos lectores pendientes de sus escritos. Y, sobre todo, recuerden el valor de esta comunidad intelectual tan exclusiva de la que tienen la suerte de formar parte», dice Selma. Los estudiantes se levantan y, rojos todavía por el esfuerzo crítico, se dirigen al Peculier, donde cada semana felicitan a los compañeros exitosos y consuelan a quienes ellos mismos han vapuleado. «Los veo en febrero, disfruten del receso», añade la profesora y acompaña a Sara a lo largo del pasillo para decirle que puede contar con una buena recomendación suya para la beca Ourworks.

—Che, Sara, ¿pensaste publicar en Quebranto el libro que estás escribiendo? —le pregunta un Illuminato.

—¿Cómo?

—Digo que si querrías sacar tu libro en mi editorial.

Así es esta comunidad intelectual que marcha hacia el bar: destructora y reparadora al mismo tiempo.

—Quebranto publica en tapa dura.

Una comunidad que, poco a poco, empezará a asumir el gobierno de una nueva reina. No hay como darle una corona a un tonto para averiguar cuán tonto es.

Concepto de familia

Éstas van a ser sus segundas navidades neoyorquinas. Durante las anteriores, las de su primer año de máster, los compañeros viajaron a sus respectivos países para celebrar las fiestas. Sara, en cambio, debió quedarse a impartir clases de escritura en el Bronx Kennedy Hospital por contrato con la fundación Ourworks: había conseguido, por fin, una beca completa.

Aquella Nochebuena cenó con Annalisa y Rod en el edificio Cherokee. Comieron carne con salsa de arándanos, se quitaron los zapatos, se echaron un rato en el sofá y cada una de las chicas hizo cosquillas a Rod en uno de sus pies. Después de amodorrarse con el calor de la calefacción central, jugaron al Trivial. Rod acusó a su prometida de gritona, ella le tiró un taco de tarjetas a la cara y se burló de sus respuestas haciéndolo sentir inculto. En el momento en que las bromas se convirtieron en resentimiento y rabia, le explicaron a Sara que se conocieron una tarde de otoño porque se resbalaron al mismo tiempo con las hojas de los árboles acumuladas a la entrada de un café cercano a Tompkins Square. Sara imaginó aquellas dos enormes tallas desplomándose; el temblor de las placas tectónicas tras el impacto. *To fall. In love.* Una vez que acabaron de contar su historia, Sara se puso el abrigo y las orejeras para cruzar de vuelta a su apartamento y dejarles intimidad. Annalisa no le permitió salir hasta que se tomaran una foto todos juntos, incluido el perro Bud. Cuando se emigra resulta indispensable adoptar una noción más amplia del concepto de familia.

Vuelve a ser Nochebuena, ahora la de su segundo año de máster. Pero esta vez Annalisa cenará con Rod y sus hijos en casa de la exmujer de éste. No importa. Sara ha quedado con La Marica en un restaurante chino.

La Marica está yendo todos los días a la biblioteca para preparar un ensayo con el que solicitará su entrada en el programa doctoral en estudios hispánicos de la Metropolitan University of New York. Su familia preferiría que al terminar el máster de escritura regresara a casa, pero ella les ha hecho entender cuánto se valora en Colombia la formación académica estadounidense. Por eso, continuar estudiando allí supondrá asegurarse a su vuelta un buen futuro. La realidad es que La Marica no quiere volver. El roce hizo el cariño y lleva seis meses en los que su convivencia con el Illuminato chévere se ha convertido en un idilio apasionado. Su revoltijo de tripas ahora es mariposeo.

—Ay, qué rico olor, Sara, ¿qué perfume llevas? —le pregunta cuando se saludan en la puerta del restaurante.

—No es perfume, es un jabón nuevo. Vi que lo usaba Annalisa y se lo copié. Huele genial, ¿no? —sonríe halagada, mostrando prácticamente toda la dentadura.

—Del putas. Últimamente tengo en la nariz impregnado el pachuli de los inciensos de mi *roomie* y cualquier aroma diferente me parece la gloria.

La Marica abre la puerta del local y entra dando pasitos cortos, Sara la sigue. Los camareros les retiran las sillas tapizadas para que se sienten. Les sirven agua y té.

—Oye, ven acá, ¿y sigues metiéndote con el novio de esa vieja?

—¿Con Rod? —Sara saca los palillos chinos de su envoltorio—. A veces.

—Llevas así mucho tiempo. ¿Cuánto? ¿Más de un año? Mándalo a la verga antes de que liberes oxitocina y sea demasiado tarde.

—¿Qué dices que voy a liberar?

—Cuando se tienen relaciones, se segrega oxitocina: la hormona de la afectividad: no te vayas a quedar pegada de ese man.

—No te preocupes. A mí quien me gusta es Poncho.

—Ay, no. Te juro que cuando me dices eso no te creo. ¿Y qué haces comiéndote al gringo en vez de ir por él? Demasiado loco que no haya ocurrido nada entre ustedes en este tiempo. ¡Si se tratan como novios! ¿Será tímido el gordito? —pregunta y bebe un poco de té—. Seguro es eso —se responde ella sola—. Acuérdate de lo que dice Octavio Paz en *El laberinto de la soledad*: los estadounidenses son optimistas, los mexicanos nihilistas. Por eso el gringo actúa y Poncho no. ¿No ves que Cortés violó a la Malinche y se quedaron traumados?

La Marica saca de su mochila negra un espejito y revisa que, al beber, no se le hayan manchado los dientes de pintalabios.

—No estoy tan segura de que a la Malinche la violaran.

—Es lo mismo eso; la cosa es que los mexicanos no saben si son españoles o indios violados y eso los tiene tristes. Deja de ponerte excusas y bésalo, Sara: sólo te quedan cuatro meses acá. Lo que sí, cuidado con seguir metiéndote con el gringo, no te vaya a lastimar.

—A mí me parece que aquí la única que está liberando oxitocina eres tú.

Piden una ensalada de tigre, arroz con verduras y carne salteada con brócoli. La Marica se remanga el abrigo y se echa su spray nasal. Conseguir marcharse de Colombia ha sido especialmente importante para ella. Antes de llegar a Nueva York estuvo trabajando como periodista judicial en *El Espectador* mientras terminaba su licenciatura en comunicaciones en Bogotá. Por ser la redactora más joven, a menudo debía asistir a juicios en busca de temas para sus artículos y eso la aburría. Pero también llevó a cabo algunas investigaciones y viajó por el país. En uno de esos viajes descubrió la impunidad con que diferentes empresas multinacionales explotaban territorios llenos de palma africana y desplazaban a las poblaciones autóctonas. Tras varios meses indagando, denunció la situación en un reportaje por el que recibió llamadas amenazantes. Fue entonces cuando La Marica se dio cuenta de que el periodismo no le interesaba tanto como para jugarse la vida y regresó al calor de su familia y del clima barranquillero, donde pasó varios meses sin saber qué podría hacer con su vida y sin atreverse a regresar a Bogotá. Ahora se siente protegida dentro del sistema académico estadounidense, desde el cual puede escribir sobre lo que le dé la gana sin que a nadie le importe un pimiento.

—¿Sabes? El Illuminato de Quebranto también está aplicando al doctorado: ¡el perro ese ya se sacó un doctorado en Buenos Aires y pretende ir por el segundo! Más competencia para mí. Como los venezolanos tienen Radiohispana, BocaAbajo, Los Sures y... ¿cómo es que se llama la otra editorial? ¿Intertierras? Pues los Illuminati quieren rivalizar desde la academia gringa.

—Bueno, pues a ganarle la plaza, Marica.

—Sí, ojalá. Excepto a mi Ramón, a los otros Illuminati no me los consigo soportar. Yo intento, porque son sus amigos y ajá, pero es que son full imbéciles.

—¿«Mi Ramón» es el Illuminato chévere? ¿Qué pasó con la deconstrucción del amor romántico?

La Marica mastica un pan de gambas de los que les han servido como aperitivo.

—Es que éste practica sexo tántrico.

Los camareros traen la comida y les sirven más agua. Con el paso del tiempo, el corte a lo garçon de La Marica se ha convertido en una media melena brillante, color chocolate. Se la retira de la cara para no manchársela de salsa.

—¿Y sobre qué es el ensayo que vas a escribir? —pregunta Sara.

—Pues analizo el trabajo de ciertos literatos que promocionan y divulgan sus obras haciendo algún tipo de performance. Ya sabes que siempre me ha interesado el tema de la autopromoción en literatura.

La Marica prueba la carne salteada con brócoli.

—Deliciosa esta mierda. Eso sí, mil veces más rico está el sancocho de gallina que cocina mi papá. ¿Qué suelen comer ustedes en Nochebuena? ¿No era que en la beca Ourworks te habían dado vacaciones esta Navidad?

No ver

Está advertida de que mirar el sol directamente puede ser dañino para la vista. Por eso Sara mira a la masa que mira al cielo. Han pasado noventa y nueve años desde que la luna se colocara por última vez entre la tierra y el sol: sin duda, ver el eclipse de hoy es una oportunidad única.

La gente grita, sonríe señalando hacia arriba, usa expresiones poco esclarecedoras que incluyen la letra «w», como «awesome», «wonderful», «wow». Esa mañana Sara salió a comprar las gafas de protección total, pero ya se habían agotado en las tiendas. Tampoco consiguieron gafas tres interventoras que se han escapado del microclima de sus despachos para ir a amontonarse en Times Square, un mendigo que ha abandonado sus pocas pertenencias y su cartel de pedir bajo el andamio donde suele guarecerse y unos turistas coreanos, que conciben el fenómeno como una atracción gratuita más.

Sara se cala el gorro de lana y coloca una mano enguantada en su frente, a modo de visera. Observa el cielo durante dos segundos. No está dispuesta a exponer sus retinas a mayores riesgos. De esta forma —que mira, que no mira—, se entretiene hasta que recibe una llamada telefónica de un número oculto. «Señorita Cordón, dese la vuelta», le dicen. Al girarse encuentra a Poncho.

—Ey, ¿cómo lo has hecho para que no me apareciera tu número? —Por el frío, le sale vapor de la boca.

—Uno, que es hacker... ¿Qué onda? ¿Cómo te fue la Navidad acá? En Mexicali suele hacer frío en esta época, pero esta vez estuvo caliente.

Al no haber conseguido la beca Ourworks y no tener otros ingresos, Poncho comenzó un año atrás a compaginar su vida literaria con la de jugador de póker online. Ahora amasa un caudal que supera lo que han percibido juntos los becarios más afortunados del máster. Últimamente busca cosas en Amazon, pregunta a los Illuminati de qué marca es la ropa que usan y camina por la calle pensando qué comprarse. Nunca se ha visto en una situación similar y no tiene muy claro qué hacer con todo el dinero que le sobra. Le parece que debería invertir a lo grande en algún negocio. Si hubiera sabido antes que iba a producirse este eclipse, habría comprado cientos de gafas. En este momento estaría vendiéndolas a precio de oro.

—Salí tarde por culpa del *roommate* y ya no quedaban lentes en las tiendas.

—Yo también estoy sin gafas, pero lo van a retransmitir ahí.

Agarra a Poncho de la manga acolchada de su anorak y lo coloca mirando a una de las pantallas de la plaza. Hoy se siente dispuesta a tomar todas las iniciativas que sean necesarias.

A través del abrigo, él percibe el tacto de Sara y le da gusto. Luego habla, por no quedarse callado.

—Mi *roommate* de nuevo me quiso evangelizar. Chingadamadre. A veces creo que con las religiones se tiene demasiada tolerancia y demasiado respeto. ¿Sabes que acá todavía hay congresistas que niegan la teoría de la evolución porque choca con su idea de que el mundo lo creó Dios? Hasta me sacó un crucifijo para que lo besara. Mi *roommate*, digo.

—¿Y lo besaste?

—Nomás para que me dejara irme.

Times Square se vuelve gris plomo y una de las pantallas publicitarias comienza a mostrar cómo la luna se superpone al sol formando una especie de cruasán astral. Poncho y Sara se miran. Están emocionados de volver a verse.

—¿Qué traes acá? —Mete la mano en la bolsa de Sara y lee—: A ver... «Jabón Hispano». Está chistoso el nombre. Es como los nazis, que ponían a trabajar a los judíos y, cuando ya no servían, hacían jabón con ellos. Pero ésta es la versión de cómo acaban los latinos a manos de los gringos.

—Qué bestia eres. —Sara se quita un guante para poder manipular mejor, y no sólo le enseña sus uñas moradas, sino todas las pastillas que tiene en su bolsa—. Mira, es como el Lagarto.

—¿Cuál lagarto?

—El jabón de toda la vida.

Como les ocurre al 67 por ciento de las mujeres neoyorquinas que lavan su ropa interior en lavanderías y ven sus defensas mermadas por los cambios extremos de temperatura, Sara padece hongos vaginales. Le han asegurado que el jabón Hispano no contiene químicos y es estupendo para la higiene íntima. Por miedo a alejar a Poncho todavía más de sus genitales, disimula.

—Es para los platos.

—Ah, ya. ¿Y no es una hueva así, en barra?

En la pantalla se está viendo algo insólito: el resplandor que surge de entre la luna y el sol. «Wow», exclaman los coreanos. «Go fuck you all», grita el mendigo que, por temor a abandonar durante más tiempo sus pertenencias y su cartel de pedir, volvió bajo su andamio y ahora no alcanza a ver la pantalla.

—Ay, pues sí huele rico —dice Poncho olisqueando el jabón.

Ella se sonroja pensando en el aroma de su propia flora vaginal.

Le habría gustado que las cosas no se hubieran dado de aquella manera, pero lo cierto es que Poncho tuvo el primer encuentro sexual de su vida en Estados Unidos. Aunque a los diecinueve años viajaba cada fin de semana desde su universidad californiana hasta Mexicali para no descuidar a su novia Carlita, los recatados amores que ésta le imponía lo empujaron a asimilarse culturalmente con el país que lo vio nacer. Una vez más.

Para un estadounidense medio resulta inconcebible llegar a la universidad sin haber practicado el coito. Poncho ya no era un estudiante de primer año sino todo un *sophomore*, por eso Eiji, su compañero de litera en la residencia estudiantil, lo acusaba de mojigatería y empezó a llamarle en público «the prude macho». La presión social fue tal que

Poncho no tuvo más remedio que agenciarse dos pastillas de MDMA e invitar a su amiga Desirée a una fiesta *rave*. En medio del chundachunda musical, notó que Desirée se le arrimaba, como había hecho en otras ocasiones. De vuelta en la residencia, ella insistió en ir al cuarto de él y no apagar las luces para dejarse llevar por las percepciones que la droga le estimulaba. Fue así como Poncho la vio completamente desnuda. También vio a Eiji asomarse desde la litera superior. Descubrió poros, pliegues, estrías y hasta pelos pinchudos. Su primera sensación fue de desagrado, pero terminó pensando que los cuerpos son como el café, el ginger ale o el bourbon; de una amargura a la que uno termina haciéndose. Se sintió sabio tras hacer esta reflexión a la que llegó él solo.

A pesar de que después de esa primera experiencia no quiso volver a tener relaciones con Desirée y unos meses más tarde dejó a Carlita, desde aquella noche Poncho se dice que amar es ser capaz de mirar desde muy cerca, sin hacerle ascos a nada.

Mira el pelo largo de Sara aprisionado bajo el gorro de lana, los ojos castaños, el arito de su nariz, el cordón gótico que lleva atado al cuello. Por fin se giran hacia la pantalla.

—¿Y eso?

Aparece una publicidad de ropa para jóvenes de la marca American Eagle. La luna ya tapa completamente el sol y los encargados de retransmitir el eclipse han dado por concluido el espectáculo, devolviendo su espacio a la marca que paga una fortuna por anunciarse en el lugar más vistoso de la ciudad. La gente comienza a abandonar Times Square sin esperar el movimiento inverso: aquel en que la luna se despega del sol.

—Ah, pues parece que ya terminó.

Sara decide hacer caso a La Marica. Aprovecha que todavía la multitud los obliga a estar muy cerca para apretarse contra él. Cuando a Poncho le gusta alguien, prefiere tomarse su tiempo, dejar las cosas fluir. Pero ya ha escuchado a sus compañeros de máster reírse de él y empieza a sentir la presión que supone estar comportándose de nuevo como «the prude macho». «Nunca más.» La luz es muy baja y tienen un eclipse sobre sus cabezas. Sara tuerce la cabeza y cierra los ojos. Él se inclina para alcanzar la cara de ella y también cierra los ojos, haciendo con los labios un ligero gesto de succión. Se dan un beso ciego y desatinado entre la boca y la mejilla.

—¿Y eso qué ha sido? —Sara sonríe.

—Como besé el crucifijo, pues para pasarte la bendición.

Evocaciones

Son los últimos días de enero y parece primavera. Al menos en Madrid. El autobús circular pasa prácticamente vacío por la calle Raimundo Fernández Villaverde. Detrás, y aprovechando que su dueño está subiendo a Instagram las fotos que acaba de tomarle, un perro llamado Adonis echa a correr en dirección al Viso en busca de aceras con más postín en las que orinar. Se detiene a tomar aliento en la puerta de la biblioteca Ruiz Egea, donde algún optimista ha pegado un anuncio ofreciendo clases particulares de matemáticas a un precio que nadie pagaría. A quien se le pasa de golpe el optimismo es al señor chino que vuelve de comprar pescado en el mercado de Maravillas y se tropieza con un bolardo. Grita. Desahoga su dolor. Hoy no es su día de suerte pero, por inercia, entra a una cafetería y en un intervalo de media hora echa doce euros en la máquina tragaperras. Quienes deberían tomarse un café —sería más propio— son las jóvenes que fuman y beben cerveza a pocos metros de su colegio, el Divina Pastora. Como otras muchas veces, han tenido el valor de hacer pellas arriesgándose a que la madre Pilar, alias «la borrega», las expulse. Así son ellas: malotas. Muy cerca, en una bocacalle de Topete, se levantó hace un par de años Villa Abundancia. Tiene una sede sencilla y, examinada desde dentro, hay cosas que al padre no le disgustan. Por ejemplo, la música que suena. Con lo que no transige es con que los fieles mastiquen tostones en plena misa ni con ese letrero fluorescente con proverbios que cambian cada día: «Y él dijo: mi presencia irá contigo, y yo te daré descanso. (Éxodo 33,14)». En relación al gusto, al padre le parece que tan ciega no debería ser la fe.

Esa mañana no se atrevió a decirle a la abuela que iba a llevarse productos de la despensa. Prefirió salir rápido con un paquete de arroz, uno de lentejas, una pastilla de jabón y una lata de melocotón en almíbar. Le suena que la lata podría llevar almacenada en su casa más de una década, pero ha preferido no comprobar la fecha de caducidad. Mira a su alrededor. Tiene la sensación de estar en la sala de actos de un colegio en vez de en un lugar sagrado.

«El merengue, la salsa y la bachata ayudan a difundir nuestro mensaje. Si quieren colaborar, tenemos a la venta estos cedés. Por supuesto, los beneficios son para los vecinos más necesitados.» Quien habla es el pastor Leobardo, que llegó en el año 2007 a Madrid, procedente de la República Dominicana, donde había sido consejero espiritual. En su juventud Leobardo fue punk. De aquella época conserva su tolerancia hacia los estilos musicales más diversos y el espíritu contestatario que le animó, años después, a tratar de desestabilizar desde su iglesia las hegemonías religiosas. Harto de soportar protestas vecinales, el día anterior decidió pasar a la acción: se abotonó su chaqueta azul y salió a coaccionar a sus detractores. «Ustedes dicen que también son cristianos, ¿verdad? Entonces, en vez de permanecer acá afuera, quizá prefieran colaborar con la campaña "un kilo". Les ofrezco la oportunidad de demostrar que persiguen el bien común.»

Al igual que las tres jóvenes que hacen pellas a las puertas del Divina Pastora, Leobardo puede ser malote. Gracias a su habilidad para inocular el sentimiento de culpa entre quienes descreen de él, hoy sólo dos personas se manifiestan a la puerta de Villa Abundancia. El resto apareció con comida envasada y le acompañan en grupo mientras los guía por su iglesia.

Llegan a las puertas de su despacho, el pastor Leobardo se detiene. Observa la inquina con que le miran. Le da la sensación de que aquello que tanto les molesta no son sus ritos, las colectas o si él es más o menos charlatán. Lo que no soportan es que Villa Abundancia esté fomentando entre la comunidad latina de Cuatro Caminos unos lazos que cada día los hace más poderosos, más visibles. Esto está siendo posible porque Leobardo es experto en congregar a las masas, en encontrar frases que sirven como eslóganes, en espectacularizar el mensaje divino y hacer que los miembros de su iglesia griten, se desahoguen y, como por arte de magia, se sientan mejor. Él sabe generar sentimientos de exaltación colectiva y de comunión. Al mismo tiempo, también ofrece a cada uno de sus fieles la flexibilidad de una palabra divina que puede ser interpretada a conveniencia.

«Aquello que vieron fue la capilla y éste es mi despacho. Adelante. Ya saben que siempre son bienvenidos.» Les explica que todos los viernes coloca su escritorio a un lado, de modo que la habitación queda diáfana. Entonces proyecta sobre la pared una película para los niños del barrio. «Caben aproximadamente cuarenta chicos. Se divierten y de esta forma también les regalamos un rato de ocio a sus papás, que trabajan mucho.» Una señora dice que todo eso está muy bien pero que no niegue que les anda sacando los

cuartos a los vecinos del barrio. El pastor Leobardo responde sin perder la serenidad que esa iglesia, como todas, se
sustenta gracias a las donaciones. Añade que los fieles aportan lo que quieren o pueden. La señora no parece conforme. Leobardo se pregunta qué será lo que esa gente le pedirá a Dios.

Al tiempo que les da las gracias y los acompaña a la puerta, se dirige a uno de ellos, al hombre del chaquetón gris
con gafas. El pastor lo ha estado observando y cree adivinar
que está triste, enfermo, seguramente más muerto que
vivo.

—¿Podría quedarse un momento, señor?

—Sí, claro, no tengo prisa.

El padre se sienta al otro lado del escritorio. Piensa que el
pastor tiene una desagradable sonrisa gingival pero lo cierto es que, desde hace mucho tiempo, nadie se mostraba tan
interesado en él. Leobardo le pide permiso para ungirle con
agua bendita y, aunque al padre no le hace demasiada gracia, permite que le dibuje una cruz en la frente. «Yo sólo soy
el mediador a través del cual podrá pedirle a Dios lo que
usted quiera, ábrase, vuele.» El padre no está con ánimo
como para seguir al pastor en sus disparates. De todas formas, se permite quedarse ensimismado, evocando a su hija.
Luego acepta el cedé que Leobardo le ofrece, le da las gracias,

deja un donativo en la hucha que hay junto a la puerta de Villa Abundancia y relee el proverbio fluorescente del día.

De camino a su casa, ve bajar el autobús circular por la calle Raimundo Fernández Villaverde, y al dueño de Adonis, que pega, junto al anuncio de las clases de matemáticas, una fotocopia con su número de teléfono y la foto que hace un rato había subido a Instagram de su perro, ahora desaparecido. También ve dos palomas. Vuelan en círculos rodeando la glorieta de Cuatro Caminos. Sin tener claro el motivo, interpreta que, mientras su hija escribe, está pensando en él.

Expiación

A principios de cada mes Annalisa y Sara visitan a su casero, míster Kalata, un anciano polaco que llegó a Nueva York con su familia en el año 1946, forzado por una serie de medidas estalinistas. Míster Kalata se parece a la señora Doubtfire. Su esposa también. Ambos son de color terracota, tienen el pecho mórbido, llevan gafas de montura transparente y, con el paso de los años, han alcanzado ese estado intergénero que aúna a los neonatos y a las personas muy mayores. Los Kalata son propietarios de seis apartamentos en diferentes zonas de Manhattan y se permiten el lujo de alquilárselos a gente de confianza por un precio bastante más bajo del que se encuentra en el mercado. A cambio requieren un trato cariñoso y las mensualidades en efectivo para no tener que declararlas ante el fisco. Como Annalisa sabe, cualquier descortesía supone la amenaza de un incremento en el precio del alquiler o, peor aún, la ausencia prolongada del cuñado de míster Kalata, que cumple una misión fundamental en el mantenimiento de los apartamentos: se encarga de las reparaciones y mantiene las plagas a raya.

Annalisa y Sara toman té en la sala con vistas del ático de los Kalata. El día que pasan con ellos suele resultarles aburrido, pero esta vez, más allá de los temas de siempre —la subida media del 75 por ciento en el precio del alquiler en los últimos diez años, la ausencia de relaciones enriquecedoras, las terribles temperaturas neoyorquinas o lo mal que se están vendiendo los fulares que diseña Annalisa, precisamente porque en Nueva York se pasa del calor al frío sin ese entretiempo que favorece la necesidad de una bufanda ligera—, sale a colación algo interesante: los Kalata han descubierto que el cuñado comete «actos cuestionables». Annalisa y Sara querrían que míster Kalata concretara un poco más. Se miran con malicia por encima de las tazas de té. Una de las dos imagina al cuñado golpeando las nalgas de su esposa con la llave Stillson que usa en las labores de fontanería. La otra se lo figura desvalijando con nocturnidad las mismas casas que repara durante el día e incurriendo, justo antes de huir con lo robado, en esa costumbre suya de orinar en los váteres ajenos y emitir un gemido. Pero míster Kalata no da otras pistas. Su esposa recoge la merienda y él les avisa en voz baja de que, aprovechando que ya le ha pagado, el cuñado acudirá hoy a revisar por última vez su apartamento. Explica que su mujer no quiere oír hablar de él. Por lo tanto, es mejor no tocar más el tema.

Se levantan del sofá. Tras la entrega ritual del pago efectuado por Sara —porque Annalisa es demasiado consciente de la cantidad de gérmenes que contiene cada dólar—, se despiden de los Kalata y regresan a su apartamento dando un paseo porque hasta dentro de una hora no llegará el cuñado. Aprovecharán sus últimos servicios para que purgue los radiadores y destape el sumidero de la ducha.

En el Upper East Side la población es cadavérica. Más blanca, más vieja y más flaca que en el resto de Manhattan. Muchas de las tiendas y los apartamentos tienen toldos a la entrada para darse prestancia. En la acera de la derecha hay una guardería canina, una tienda de Apple y un padre que transporta a su hija en una mochila ergonómica. En la de la izquierda hay negocios minimalistas: uno de jabones artesanales, otro en el que se venden corbatas. Ni rastro del olor a frito de los carritos ambulantes que hay dispersos por el resto de la ciudad. El paseo es agradable a pesar del frío y de que un hombre las intimida al expresar en voz alta sus consideraciones acerca del volumen de las nalgas de la italiana. Para perderlo de vista, las chicas entran en una pastelería, compran *macarons*, unos pastelitos pequeños y coloridos que se han puesto de moda en el barrio, y, una vez cercioradas de que el acosador ha desaparecido, salen y se los van comiendo por la calle. Sara dice que por fin avanzan las cosas con Poncho. Annalisa se alegra mucho y le cuenta que ella lleva varias semanas sin discutir con Rod. Inmediatamente, niega con la cabeza como desmintiendo lo que acaba de decir, toma a Sara de la mano, contrae los músculos faciales y se detiene encogiéndose hasta descender a la altura de la española. No aguanta más y corresponde con otra noticia: ha descubierto que Rod tiene una amante.

Sara deja los dedos flojos dentro de la mano grande y musculada de Annalisa. Invierte mentalmente su primera ascensión al piso que comparten. Baja, baja, baja con sus maletas. Los seis pisos. Se pregunta por qué no habrá hecho caso a La Marica: debería haber terminado con esa relación hace tiempo. Ahora ha llegado el momento de contarle la verdad a su compañera de piso y se resigna a perderla, a perder también a Rod, incluso a convertirse en una B&T, que es como los habitantes de Manhattan llaman despectivamente a quienes viven en otros municipios y cada día atraviesan un *bridge* o un *tunnel*.

Annalisa le suelta la mano para llevarse las suyas a la cara y comienza a llorar.

—*É americana. Anzi, afroamericana.*

Sara la abraza. No entiende nada: ¿cómo que americana? Debería sentirse mejor por no ser ella la culpable de la tristeza de su compañera, pero está demasiado contrariada. Annalisa le cuenta que la amante de Rod le ha contagiado unos hongos y que, además, va dejando ricillos negros por su apartamento; desde la cocina hasta el baño.

—*Sono sporche. Le americane sono sporche.*

A las cuatro en punto llaman a la puerta. El cuñado es cuarentón, de origen puertorriqueño, y viste un mono de albañil. Nunca han sabido su nombre, pero en la chapa de su mono pone «E. Pena» y debajo: «Pena Pest Control». En realidad, el cuñado se llama Eduardo Peña. Por la transformación que sufrió su apellido al llegar a Estados Unidos podría pensarse que la emigración le hizo caer en desgracia, pero no. El señor Peña estudió en Nueva York una carrera técnica, se profesionalizó como chapuzas, se casó y, desde hace once años, es dueño de su propia empresa, en la que tiene por norma seguir tanto la política de precios mesurados de míster Kalata como la de mantener su negocio al margen de sus obligaciones tributarias. Más allá del orgullo que le produce ser su propio jefe, lo que le entusiasma es dejar su rastro de insecticidas en las casas ajenas. Hoy, como cada vez que visita a las chicas, pide permiso para ir al baño y orina mientras emite un gemido de desahogo. Luego sale dando las gracias.

—¿En qué les ayudo hoy?

El cuñado se agacha ante el radiador del cuarto de Sara. En una muestra de deferencia que no se había producido antes, Annalisa coge al gato en brazos para evitar que entorpezca las reparaciones y llene al cuñado de pelos.

—Adiós, señor. *Non* lo molesto *piú.*

Annalisa mueve la pata de Gigi Maria.

—Uy, señorita Annalisa, su gato habla español también. —El cuñado se gira y se incorpora. Acaricia al animal—. Ninguno de los dos me molesta: *you don't disturb me at all.* —Sin querer o queriendo, le roza un pecho—. Oh, ¿está bien? *Your eyes look watery.*

Como la italiana tiene el día sensible, el señor Peña la abraza. La diferencia de tamaños se hace notoria: los rizos de la coronilla del cuñado terminan donde empieza el mentón de Annalisa.

Sara permanece en el sofá tomando su quinto té. A ella quien le gusta es Poncho; no sabe por qué se siente así. Se pregunta por la otra, por la afroamericana. Piensa que quizá Rod se siente culpable por su condición de estadounidense con suerte y, a modo de reparación, ofrece intimidad a mujeres de orígenes poco privilegiados. Llora. Se pregunta si, como le avisó La Marica, habrá estado liberando oxitocina sin darse cuenta. En ese momento, el cuñado pasa al otro cuarto con la llave Stillson en la mano. Annalisa lo sigue con Gigi Maria en brazos.

—Un *bel* trabajo *fa* usted, señor —le va diciendo.

—¿Está echándome piropos, señorita Annalisa?

Sara se seca las lágrimas. Atraída por sus «actos cuestionables», observa la complexión fibrosa, la piel caribeña del cuñado, su bigote. Sigue pensando en sus cosas pero tiene una sensación extraña. Deja el té a un lado y se asoma al cuarto de Annalisa. No sabe por qué no le sorprende ver a su compañera de piso besando al cuñado y agarrándole el culo. Sara coge a Gigi Maria con discreción, cierra la puerta del dormitorio y se lo lleva al sofá de la sala. Oye al cuñado emitir un sonido similar al que hace cuando orina, se incorpora y, tras pensarlo unos segundos, camina de nuevo hacia el cuarto de Annalisa. Del mismo modo en que cuando en el colegio de monjas se metía a saltar una comba que llevaba un rato dando vueltas, Sara hace una entrada tímida. Cierra la puerta tras de sí, dejando al gato fuera. Se les une. También ella tiene culpas que expiar.

El escritor como performance

Los profesores salen al estrado del auditorio donde se llevan a cabo los eventos culturales de la universidad. Hoy van más elegantes que de costumbre: Selma ha cambiado sus ponchos de crochet por un vestido negro de manga larga, Mariano se ha puesto americana. Aseguran sentirse honrados de presentar al escritor boliviano Elvis Ticonipa, que expondrá desde hoy su universo literario en Bryant Park.

Selma se atusa su melena gris y se frota los ojos. No lo dice pero lo piensa: «Les traje el manso personaje a estos chiquillos». Lee algunos datos biográficos de Ticonipa y nombra sus poemarios, todos inspirados en la ornitología potosina. Después pide un fuerte aplauso.

—¿Éste en sus países sí es conocido? —pregunta Poncho.

—Yo creo que en Chile sólo lo conoce la Selma —dice Martín y aplaude.

—No, Ponchito. A este loco no lo conoce ni su mamá —afirma el Illuminato chévere, que también aplaude.

Elvis Ticonipa llega arrastrando una maleta. Es bajo, moreno y flaco. Viste una camisa blanca y una faja de lana por encima del pantalón decorada con intis, cóndores y figuras antropomorfas. Usa además un sombrero de fieltro de ala estrecha y botas marrones que le dan aspecto de cowboy andino. Intenta disimular su humildad elevando la caja torácica, pero termina agradeciendo con demasiado entusiasmo que el Instituto Cervantes le haya permitido establecerse tres meses con su familia en esa ciudad. Explica que, además de mostrar su obra y sus procedimientos creativos, homenajeará a los agricultores de su tierra destinando el 15 por ciento de las ganancias que obtenga por la venta de sus libros a las comunidades más desfavorecidas de Potosí, «el departamento que fue el más rico de Bolivia en la época colonial y, paradójicamente, el que cuenta ahora con la población más pobre». Dice que se siente afortunado: «Mientras yo esté escribiendo en Nueva York y observando el cielo, muchos de mis compatriotas estarán trabajando duramente, sin levantar la cabeza de la tierra. Todo para alimentarnos». En realidad Elvis Ticonipa no ha dicho «Nueva York», sino «la Gran Manzana». Instantáneamente, los alumnos han mirado al profesor Mariano porque saben que, ante cualquier expresión tópica, se lo llevan los demonios. Pero ahí sigue el profesor; con sus manos arrugadas escondidas en los bolsillos de la americana y su casco de montar en bicicleta a los pies. No se sabe si indiferente o sufriendo en silencio una úlcera gástrica.

—El Instituto Cervantes y todas estas instituciones españolas siempre deciden quiénes deben representar la cultura hispana. A éste seguro lo trajeron para cubrir una cuota de indigenidad —dice Martín.

—Y no le saquen la responsabilidad al máster, que no invierte ni un peso: sólo nos traen, y de rebote, a los escritores que vienen ya subvencionados a hacer otras actividades en la ciudad. En cambio, en el programa de escritura creativa en inglés le pagan el viaje a gente recopada. La semana pasada trajeron a Anne Carson, a Salman Rushdie y a Chimamanda Ngozi Adichie. ¡Eso sólo la semana pasada! —dice el Illuminato chévere.

Los alumnos suelen ser críticos e incluso folloneros con las celebridades literarias que les llevan al progama, pero Ticonipa ignora el ecosistema hostil que le rodea y se viene arriba con el murmullo. Está cada vez más cómodo. Se pasea por el escenario. No tiene inconveniente en hacer pausas, en tomarse un tiempo para beber de la botellita de agua que le han dejado en el atril. En decir que su proyecto literario tiene muy en cuenta conceptos como la «glocalización»: él expone su obra en el mundo y al mismo tiempo se autoexpone como producto del altiplano andino.

—Este carajo está meando fuera del perol —le dice Víctor a Linda.

—Atento, va a leer los versos pajareros.

Ticonipa se quita el sombrero, se ata a las axilas unas alas plásticas de color gris y comienza a recrear a base de onomatopeyas el piar del gaucho serrano, una especie de ave abundante en su tierra natal. «Chiup chiup chiupchiiiiup.» Hace movimientos por toda la sala simulando que vuela. Pasa entre los profesores y el público. «Ésta es mi naturaleza y también la de ustedes», dice, y trina a su forma hasta que, al cabo de un rato, se oscurecen las luces del auditorio. Cuando vuelven a encenderse, la profesora Selma explica que así concluye la primera parte del performance. Sonríe al ver la cara de sus alumnos y pide un aplauso.

—Pucha —se oye exclamar a Gladys.

Ticonipa agradece con la cabeza y junta las manos a modo de plegaria.

Para inaugurar la segunda parte, abre un frasco del que salen aproximadamente un centenar de moscas. Éstas se expanden por el auditorio e incordian al público. Ticonipa también revolotea con sus alas plásticas, no se sabe si persiguiendo a las moscas o imitándolas. Alterna las onomatopeyas aviares con la frase: «Éste es mi alimento y también el de ustedes». Al cabo de un rato, caza una mosca de un palmazo y se la come. Se oscurecen las luces y, cuando vuelven a encenderse, aparece la profesora Selma, que de tanto restregarse los ojos ante «el manso personaje», lleva churretosa la línea negra de kohl. Aplaude para propiciar la ovación del auditorio.

—Mierda, qué chévere. El mancito rompe un montón de convenciones. Lo que yo te dije, Sara: la literatura ahora pasa por el espectáculo y toma vainas de las artes contemporáneas. —Desde que está leyendo teoría literaria para cursar el doctorado, La Marica analiza todo de una forma sofisticada—. Este tipo es un súper ejemplo del cambio de paradigma de la literatura hacia algo conceptual, más experiencial. Si lo hubiera conocido antes, lo habría metido en mi ensayo.

Al terminar los aplausos, la profesora Selma vuelve a tomar el micrófono. Les recuerda que dentro de un mes y medio llegarán los editores españoles de Savage Books para interesarse por sus textos y sólo uno será publicado. Les recomienda ir preparando el currículum y tener listo para entonces su proyecto. Luego pide que la acompañen afuera para inaugurar la exposición de Elvis Ticonipa. Deseando librarse del fastidio de las moscas, los alumnos cogen sus abrigos y se agolpan en la puerta.

«Está un poco loco ese tipo, ¿eh?» «A mí me pareció bárbaro.» «Bien cochino lo de las moscas.» «Che, yo insisto en que es reinteresante.» «Eso lo decís porque a tu novia le encantó, Ramón. Sos un dominado. La Marica te tiene cagando.» «Respetá, che.» «¿Vieron alguna vez a alguien tan desesperado por la notoriedad literaria?» «¡A Peralta!» «Bueno, Peralta al menos no piaba.» «Creo que está pal gato Peralta en España.» «Ah, ¿y entonces regresó para España cuando terminó la maestría?» «Sí.» «¿Y no publicó nada?» «No publicó nada. Ahora dice que es traductor.» «Híjole, no sabía.» «Tú lo jodiste bien con la broma de Anagrama, Ponchito.» «Sí. Ahorita me arrepiento.» «Ño, qué fula.» «A mí no me da lástima. Además, no sabe ni mierda de inglés, ¿cómo va a ser traductor?» «Sara también es nefasta con eso, ¿qué les pasa a los españoles que son tan brutos con el inglés?» «Yo le enseño inglés a Sara y aprendió mucho en este tiempo.» «Ay, salió la Malinche.» «No es por joder, pero sé de buena tinta que la españoleta tiene un amante gringo que no sos vos, Ponchito, a lo mejor el que le enseña es el otro...» «La han invitado a la feria del libro de Queens. Por suerte, la feria es para españoles y latinos, porque me dijo que iba a dar un *speak* en lugar de un *speech*.» «No jodan tanto que va a sacar su libro en mi editorial.» «¿En Quebranto?» «Sí.» «¿Y es verdad que en el libro cuenta cómo le chupa la pinga al yuma?» «Y en el último capítulo que me envió explica que se armó un trío con la compañera de casa y el que les hace los arreglos.» «Chingadamadre, Sara está escribiendo una autoficción. Lo del gringo es sólo una metáfora de su relación de dependencia y de sometimiento a Estados Unidos.» «¿Y el *threesome* de qué es metáfora? Creo que incluso tiene hongos en la concha de tanto coger, pero no te preocupes, Ponchito, que también habla de vos. Dice que se dan sólo besos castos. Que ella se te tuvo que arrimar en Times Square.» «¿De qué será metáfora el Ponchito?» «No seai conchaetumadre, le digái eso al hueón. ¿No veí que está enamorao?» «Pero ¿ustedes tiran o qué?» «Ponte pa eso con la gallega, Ponchito, que te va a levantar el pie.»

Los profesores los esperan a pocos metros, en Bryant Park, junto a una caravana que en vez de paredes tiene vidrios.

Mariano hace señas y los alumnos van formando un se-
micírculo. Se les unen algunos curiosos que pasan por la
calle. Entre ellos se abre camino Elvis Ticonipa arrastrando su maleta. Presenta a su mujer y a sus dos hijos adoles-
centes, que parecen muy disconformes con la decisión
paterna de exhibirlos con tejidos de alpaca y botas confec-
cionadas con cuero de diferentes camélidos. Dentro de la
caravana hay una cama matrimonial, una litera con dos
camitas, un aseo y una cocina. La mujer y los hijos entran y
se acomodan. Desde la puerta, Elvis explica que permane-
cerá allí, con su familia, durante tres meses, a la vista de todos. «Como pueden ver: tenemos suelo y cuatro paredes
pero no tenemos techo. Mi inspiración viene pues princi-
palmente de mis orígenes, pero también de escuchar y con-
templar a las aves. Yo trabajo mirando el celeste. —Y dice
"celeste" en vez de "cielo"—. Es pues por eso que pedí colocar nuestro hogar temporal acá, donde habitan hasta cuatro mil especies aviares, como carboneros cresta negra, car-
pinteros de cabeza roja o chotacabras. Espero que todos
ellos formen parte de mi obra. Cualquier transeúnte podrá
acercarse, observar cómo es mi proceso de creación, char-
lar conmigo y comprarme, si lo desea, alguno de mis libri-
tos, que, como ven, son artesanales y elaborados con productos reciclables. Mi compromiso es permanecer aquí día

y noche. Debo decir que he donado a diferentes compañeros campesinos el sueldito que me da el Instituto Cervantes. Yo ya me siento dichoso con disponer de este hogar y con recibir diariamente comida, jabón y agua para mi familia y para mí.»

—¿Cómo? ¿Van a quedarse los cuatro acá metidos, como exhibicionistas? —quiere saber Poncho.

—Durante tres meses —responde Martín.

—¿Y cuando llueva?

—Catástrofe. Imagino que eso será un poco parte del show.

—Habrá que venir para verlos mojarse, ¿no? Lo que sí es que estos Ticonipa van a vivir en el lugar más perrón de Nueva York.

—Sí, bien por Elvis. Ey, chicas, ¿a ustedes qué les pareció el poeta? —pregunta Martín a La Marica y a Sara, al darse cuenta de que las tiene detrás.

—Un bacán y un valiente además: vende este proyecto loco de los pájaros a las instituciones, aportando el valor de lo natural, la cooperación, lo artesanal y el folclor local...

El Illuminato chévere le pasa el brazo alrededor de los hombros.

—¿Entonces esta familia no va a tener intimidad en tres meses? —pregunta Sara.

Poncho se le acerca y trata de sonreírle, de ser cariñoso como lo está siendo el chévere con La Marica. Pero está inquieto, molesto. Piensa en lo irónico que resulta aquello que acaba de preguntar precisamente ella, que parece no tener ningún problema en exponer su vida. Después de un rato de contención le pregunta si le dejaría leer su novela.

—Por ver cómo avanza y así, si ocupas, te ayudo con el habla del personaje mexicano.

—Genial —responde Sara, y apoya la espalda en la barriga de Poncho.

Ticonipa entra en la caravana. Esta vez, y sin que lo pida la profesora Selma, todos le aplauden.

Evocaciones

Desde que ha vuelto, la responsabilidad de que los alumnos de la escuela de escritura encuentren papel higiénico en el baño recae otra vez sobre él. Pero a Peralta eso ya no le hace sentirse menos. Los viernes por la tarde se echa el pelo hacia atrás con una cinta, como en los tiempos en que era el capitán de Furia Literaria, y se sienta en la silla plegable de alguna librería para estar enterado de qué libros se presentan en Madrid. Cuando toca aplaudir y tomarse el vino en vaso de plástico, Peralta aplaude y se toma lo que haga falta. En las conversaciones que siguen al evento, nunca deja de mencionar que la narrativa estadounidense va varios pasos por delante. Por eso, además de trabajar en la escuela, se dedica a traducir al español. Dice que no lo hace por dinero sino por un compromiso con la difusión de la literatura y porque está harto de que la calidad de las traducciones sea tan mala.

Peralta siente que ahora le tratan con más respeto. No sólo entre la gente del gremio sino también en casa. Para ahorrar, se ha instalado de nuevo en el barrio de Hortaleza. Algo debió de ocurrir durante su ausencia porque su madre, que solía aprovechar los encuentros matutinos en la cocina para crisparle los nervios y obligarle a tomarse la leche muy caliente, incluso con una costra de nata, no ha vuelto a opinar sobre la temperatura de su desayuno. Incluso en la escuela de escritura, el jefe ha empezado a hablarle casi de igual a igual.

—¿Has visto? —El jefe sale de su despacho y se acerca a la recepción—. Sara ha ganado un premio que se llama Escritores Americanos en Nueva York.

Le muestra la noticia en la pantalla de su móvil.

—Ah, sí: amiguismo. Lo organizan unos editores venezolanos que conocemos. Se llama Escritores Americanos pero es para las comunidades hispanas.

—Ha ganado cinco mil dólares: un pico.

—Ni tan pico; cinco mil dólares allí no cunden nada.

Por observaciones así, la gente del gremio atribuye a Peralta un gran conocimiento en materia estadounidense. Eso a él le alimenta el ego, pero tampoco quiere ganarse fama de pedante. Con el paso de los meses ha aprendido a compensar su imagen cosmopolita con una retórica más humilde: «Madrid, al lado de aquello, es un pueblo. De todas formas, qué queréis que os diga, yo me quedo con esto. Aquí se vive de la hostia».

Resulta poco creíble que, sin otra obligación que dedicarse a escribir y a pasear, Peralta viviera peor en Nueva York. Sin embargo, con tal de evitar envidias, denigra la ciudad, a los estadounidenses e incluso insiste en aquellos estereotipos que, desde su punto de vista, sus compatriotas necesitarán oír para ser capaces de continuar más o menos felices a falta de becas: «La pasión por los rifles, la segregación racial, la comida basura y, sobre todo, la ignorancia: les cuentas que vienes de Madrid y no tienen ni idea de dónde está».

Peralta sólo consiguió ver rifles por televisión porque la venta de armas en Nueva York está bastante restringida. Además, le resultaba tan fácil relacionarse con sus compañeros latinos que no sintió la necesidad de tratar con otra gente. El estadounidense con quien más contacto tuvo fue el supervisor de Mandy's Laundry, la lavandería a la que acudía un sábado sí, otro no. El supervisor es un tipo de Indianápolis que se entretiene dando charla a la clientela que lava y seca su ropa. Definitivamente hubiera sido mala idea pedirle al supervisor que señalara Madrid en un mapamundi, pero tampoco Peralta habría acertado a la hora de indicar dónde quedaba la capital de Indiana.

—¿Y dices que Sara ya no quiere nada con España?

—Como mucho seguirá entrando a esos grupos de Facebook de españoles que viven en Nueva York y ponen chorradas. Alguna vez su madre me ha llamado para preguntarme qué sé de «su enano». Así la llama. Me da pena la buena señora: piensa que su hija está ocupadísima escribiendo unas cosas muy bonitas sobre la familia. Pero, hasta donde yo sé, su novela trata del máster y sólo mete alguna cosa suelta por ahí sobre su abuela y su padre, que deben llevar muertos desde el año en que Franco fue corneta. Y, claro, yo tampoco puedo decirle a la señora: «Oiga, no insista; su hija pasa de usted, de su hijo y de todo el mundo porque anda lamiendo culos en Nueva York».

—Siempre he pensado que esta chica no tenía los pies en la tierra.

El jefe regresa a su oficina a pelearse con las cuentas. Cuando termina, por educación, escribe un email a Sara, la felicita, le pregunta si va a ir a Madrid en verano y le dice que si fuera así sería estupendo que impartiera un taller en la calle Leganitos. Aprovecha para recordarle que los talleres intensivos de junio, julio y agosto están muy bien remunerados.

Peralta sube la altura de la silla y vuelve a teclear en el ordenador. En Nueva York aprendió muchas cosas. Una de ellas es que ser escritor consiste en que los compañeros del gremio te dejen serlo. También en escribir de vez en cuando. Por eso aprovecha momentos como ése, en que no entran alumnos, para terminar su libro de cuentos. Cuando no tiene el día inspirado, alimenta la información de su propia Wikipedia.

—Peralta, en el baño hace falta jabón.

—Ya va.

Se busca peluquero español

Saritísima: Hola, ¿algún peluquero español en Nueva York, por favor? Llevo un año y medio aquí y siempre me hacen unos cortes horribles. La última vez me clavaron. Además del corte, que me costó 68 dólares, me cobraron 44 porque el acondicionador no era uno normal sino un tratamiento antiencrespamiento a base de jabones con keratina. Me dejaron el pelo relamido y además tuve que pagar el 15% de propina al peluquero. SOS.

Pedro Corral: Ah, ¿y porque sea español ya vas a dejar al peluquero sin propina?

Luisa Peñafuerte Molina: Tú no quieres un peluquero español. Quieres volverte a España.

Credenciales

Se bajan en la parada de Jackson Heights y van hacia el apartamento de Poncho. Sara lleva en una mano el cheque y la placa que acaba de recibir como ganadora del concurso Escritores Americanos en Nueva York. En vez de sus botas de siempre, se ha puesto unos botines marrones con tacón. Camina inestable pero rápido porque está deseando llegar y quitárselos. La otra mano se la tiene agarrada él. A Poncho no le gustan las prisas, pero le sigue el paso.

—Qué bueno que vinieran los compañeros a ver cómo te daban el premio y a escucharte leer tu novela. ¿Viste que, aunque estuviera organizado por Los Sures, al final llegaron incluso los Illuminati?

—Sí, pero me dio la impresión de que Víctor puso mala cara cuando leí la parte en que habla el personaje caraqueño. Incluso me ha parecido que se quejó a los de Los Sures.

—¿Dices como que el Bolaño se ha identificado con lo

que leíste y se ofendió? No creo. Todos sabemos que tu novela es una autoficción con mucha más ficción que realidad. Sería hasta egocéntrico que se creyera el venezolano de tu libro. Es como si yo me pensara que soy el mexicano. No lo vi enojado para nada, de hecho estuvo bien chistoso. Contó que antes de estar con el novio que tiene ahorita, el del máster de escritura en inglés, salía con un muchacho sordomudo y, cuando cogían, el sordomudo daba unos gritos raros, *uaaa, uaaa*, así, como de guacamaya. Buena onda también el Illuminato chévere. Me regaló este jaspe de la suerte porque anda bien loco con las energías de las piedritas. —Vuelve a guardar el jaspe en el bolsillo del vaquero y se da cuenta de que le suda la mano. Tanta premura lo tiene acalorado—. Oye, me contó una cosa rara el chévere: los profesores le pidieron de nuevo a La Marica los certificados universitarios porque nunca acabó.

—¿Qué no acabó? ¿La universidad? Pero si La Marica trabajó varios años como periodista y la iban a entrevistar esta semana para el doctorado. Qué raro.

—Sí. A mí ya me había venido la Linda hace tiempo con el chisme de que, trabajando como asistente de los profesores, se había dado cuenta de que a La Marica le faltaban materias. De todas formas, el chévere ya no dijo más.

A la incomodidad de los botines de tacón, Sara le suma la preocupación por su amiga y el temor de que sus compañeros estén malinterpretando las intenciones de su proyecto literario.

—Poncho, ¿y no crees que los del máster podrían pensar que los estoy parodiando en mi novela?

—No lo creo. No te emparanoies. Igual que piensen lo que quieran. Ni modo. Ahorita que estás conmigo ya no pueden acusarte de neocolonialista ni de latinofóbica. Soy el jabón que te hace entrar oliendo rico en América. Conquistaste el corazón de México y desde ahí hacia abajo todo el continente se te rinde. Incluidos venezolanos y argentinos.

La gente entra y sale de los bares. Poncho y Sara pasan al lado de una tienda de vestidos blancos con pedrería para jovencitas, que podrían valer para comuniones o quinceañeras. Pasan también junto a una furgoneta verde menta, como la camiseta de Furia Literaria, de una farmacia y del ultramarinos Cositas Ricas, que a esas horas está lleno de gente comprando arepas. Poncho iría a por unas pero tiene la mano de Sara cogida y adivina que algo le preocupa. Él es perceptivo, al menos eso se cree, lo que pasa es que su tamaño y su afición por la lucha enmascaran su sensibilidad. En realidad dona parte de sus ganancias del póker a una fundación que entrena perros guía para ciegos, llora como nadie cuando pierde su equipo de béisbol —las Águilas de Mexicali— y, si se pone a ello, puede ser más romántico que Luis Miguel cantando boleros. Le parece que lo que Sara necesita es un beso. Trata de arrimarse pero, caminando a ese paso, resulta difícil. Piensa una estrategia para detenerla. Le dice lo primero que se le ocurre:

—A ver, que te coloco el pelo, lo traes aplastadón.

Ella sigue andando.

—Déjalo, no hay remedio. Fui el otro día a la peluquería y me dejaron así de mal.

—Ah, ya.

Quedan poco más de dos meses para que se acabe el máster y se pregunta si será el futuro lo que preocupa a Sara. Podrían casarse y él le arreglaría los papeles. Por sus dimensiones reducidas, se la imagina con uno de los vestidos blancos con pedrería para quinceañeras o comuniones que acaban de ver. Se sonríe. Luego piensa por un momento en el personaje del mexicano fronterizo de la novela de Sara y deja de sonreír. A veces le parece que ese personaje es él y otras que no se le parece en nada. ¿Será que ella lo ve gordo y bruto? En un arrebato le dobla la muñeca hacia el antebrazo.

—Ayyy, qué daño.

—Es una técnica de lucha libre. Se llama «manita de puerco». Lo bueno es que te conseguí inmovilizar. —Ahora sí, se coloca de forma frontal y le da un beso—. Se te están antojando unas arepitas.

Para que no haya posibilidad de réplica, la carga a hombros y se la lleva al ultramarinos para cenar algo rico antes de llegar a su casa.

Retumba el cuarto por el traqueteo del metro. Como Poncho tiene colocada una bandera patria en la escalera de incendios de su ventana, de vez en cuando se oyen gritos de mexicanos que se apasionan desde la calle al descubrir la tricolor. Sara está desvelada. Se levanta, coge el portátil y vuelve a la cama.

—¿Qué haces?

—Voy a ver si escribo un poco para acabar la novela antes de que vengan los editores de Savage Books.

Poncho dice que va a dormirse de nuevo. Se gira e inmediatamente se duerme. Ni siquiera necesita taparse; frota un pie con el otro y así se da calor. Sara está a su lado, con el portátil sobre las piernas y la espalda apoyada en dos almohadones. Tiene la sensación de que su libro puede disgustar a mucha gente y siente aún más miedo que cuando comenzó a escribirlo. Teclea y borra. Piensa en Alejandro Zambra y en cuánto querría ser como él: literariamente agradable, un poco innovadora y un poco guay, pero sin pasarse. «Ella viaja largas horas y no llega a su destino / hay carteles con su nombre, hay personas / que esperaban un encargo y ella viaja largas / horas y no llega y eso es todo.» Cierra el portátil, mira su placa de ganadora, apaga la luz y se acurruca junto a Poncho. Como él mismo ha dicho, tener un novio mexicano es la mejor forma de mitigar los recelos que la comunidad latina pudiera tener hacia ella. El poema de Zambra todavía no ha terminado: «Ella duerme mientras pasan la frontera».

Terapia

Tynonna está llegando tarde al trabajo. Esa mañana se le rompió la faja y tuvo que cambiarse el vestido que llevaba por un jersey amplio. Nada le fastidia tanto como rebosar la ropa. Mentira. Más aún le molestan la gente menuda y las modelos que ponen morritos. Tynonna tiene unos buenos labios; naturales, carnosos. Un tío blanco con el que había concertado una cita a través de una red social se los halagó mientras jugaban en la bolera. Tras pasar por caja y devolver los zapatos de bolos, Tynonna le hizo comprender que ya no volverían a salir juntos. Él, por no quedarse con el sentimiento de despecho en el cuerpo, de camino a casa le escribió un mensaje diciéndole que mucho mejor así, que además le da asco su vitíligo labial. En realidad Tynonna sólo tiene el labio superior un poco despigmentado. Nada que no se disimule con un carmín oscuro.

Cuando por fin pasa los torniquetes de seguridad del Bronx Kennedy Hospital y se dirige a la planta de pediatría, se topa con la profesora de escritura, que trata de discutir con un guardia sin saber dar batalla. «Fucking whitey», piensa. A la profesora le ha caducado la identificación y el guardia tiene el día intransigente. Tynonna se ve obligada a resolver el problema pegando un grito con el que consigue que permitan el acceso a la profesora en apuros, que no es otra que Sara.

Gracias a Ourworks, Sara lleva más de un año recibiendo un sueldo a cambio de pasearse dos días por semana de una habitación a otra del hospital. Ésa es al menos la percepción de Tynonna, que es su supervisora y debe informar a la fundación sobre cómo trabajan sus becarios. Tynonna todavía no ha tenido tiempo de fichar. Olvidando el percance matutino de la faja, se dice que la culpa de su retraso la tiene la profesora. Solo hay que verla, no sabe ni colocarse la identificación en la pechera. La ayuda. Le da un cuaderno en blanco con el membrete de Ourworks y el listado en el que figura el nombre de los niños que deberá visitar. Luego va a buscar a la encargada para disculparse por haber llegado tarde.

Al igual que cada día en el Bronx Kennedy Hospital, Sara se prepara para competir con las habilidades de los otros becarios que trabajan en pediatría; las bromas del payaso digno, las canciones del cantautor y los trucos de la maga sexy. Atraviesa los pasillos coloreados con pintura plástica e iluminados con tubos fluorescentes, mientras mira la lista con los nombres de los ocho niños que le han tocado hoy. La mayoría van a pasar el día solos porque a sus familiares no les han dado permiso en el trabajo o porque están haciendo horas extra para pagar la factura médica que en algún momento les llegará. Además de la lista, Sara sostiene el cuaderno con el membrete de Ourworks. Es indispensable que por cada paciente consiga un texto. Puede ser de cualquier tipo: una narración, algún poema, un guion... Lo que importa es que quede registro de que durante su visita ha habido productividad. Al final de la jornada Tynonna supervisa los textos del cuaderno y manda un informe a la fundación para confirmar que el dinero invertido en sus becarios está generando algo. Al menos palabras.

Entra en el cuarto 267, que está en la unidad de cuidados intensivos. Al descubrir en la cama a un chiquillo quemado, conectado a un respirador, con calvas en la cabeza, un ojo pipo y gran parte de su cara, sus brazos y lo que deja ver la bata cubiertos por gasas, Sara da media vuelta. Tynonna

—que debe resolverlo todo porque en ese hospital si no se encarga ella no se encarga nadie— la detiene y le pregunta adónde cree que va. Sara le explica que el chiquillo quemado de la 267 no está en condiciones de escribir. «Oh, please, don't be so picky», responde Tynonna, y le recuerda que discriminar a sus pacientes, ya sea por su raza o por la patología que presenten, es algo muy serio. Si no vuelve con el chiquillo y lo pone a escribir, ella misma informará a Ourworks.

Sara regresa al cuarto. Trata de aparentar normalidad y de seguir el protocolo; saluda, se sienta a los pies de la cama, pregunta cosas. El chiquillo quemado algo responde, pero entre el ruido del respirador y que su boca abrasada apenas puede articular, no se le entiende. Sara lo mira; tiene las manos momificadas. Mientras piensa un plan para hacerle escribir, coge el mando que hay junto a la cama y enciende la televisión. Echan un programa en el que un marido presuntamente infiel está a punto de someterse a la prueba del polígrafo. El chiquillo quemado parece interesado; enfoca con su ojo no pipo. Ni Sara ni él hablan, pero la televisión los mantiene en sintonía emocional. Culpable. Con esa pinta que tiene no hay duda. El marido jura y perjura que no conoce a la chica que dice ser su amante. El público lo abuchea. Durante ese rato de evasión, Sara se quita las botas, se afloja la pulserita con tachuelas y se acomoda a los pies de la cama. El chiquillo, de repente, no se siente tan quemado.

Antes de que se revelen los resultados del polígrafo y el marido adúltero sea desenmascarado, irrumpe en la habitación 267 una señora que viste un sari colorido. Dice que es la abuela del chiquillo, coge el mando y apaga el programa, arruinándoles el clímax de banalidad en el que se encontraban inmersos. Le explica a Sara que el nieto siempre está viendo porquerías, que en ese hospital lo consienten demasiado y que hay que ser estrictos con ellos a esa edad porque si uno no sienta las bases de su educación cuando son pequeños, luego ya no hay manera de enderezarlos.

La abuela ha tomado a Sara por una enfermera y ella no sólo le sigue la corriente y pide disculpas en nombre del personal hospitalario sino que da un paso más allá y le ofrece escribir una petición para que no se permita al chiquillo poner la televisión en ausencia de sus familiares. Sara le extiende entonces el cuaderno en blanco con el membrete de Ourworks. De puño y letra de la abuela consigue aquello que parecía imposible: salir del cuarto 267 con un texto. «Jivin Mammen can't watch the TV without the permission of his family.» Afortunadamente, Tynonna no entiende de haikus.

En la habitación 643 está Norma Ovando, una chica hondureña de diecisiete años que se entusiasma al ver que Sara habla español. «Ah, sí, con gusto yo escribo, profe.» Se incorpora, toma el cuaderno y desde su cama hace lo mismo que haría cualquier escritor profesional sin idea de qué contarle al mundo; escribe sobre sí misma. Explica que una tarde, cuando vivía en Tegucigalpa, recibió una llamada equivocada de un tal Aarón. Como estaba sin mucho que hacer, conversaron durante horas y, antes de colgar, él le pidió que le enviara una foto. Pensó que ese hombre era un tipo «buena onda». «Además, lo mejor de todo es que vivía acá, en Nueva York.»

Norma Ovando tiene un hijo de un año y otro de tres. Nada le apetecía más que mudarse a Estados Unidos y huir de su vida de madre sin dinero. Aarón volvió a llamar algunos días más tarde. Esta vez a propósito. Le dijo que, a juzgar por la foto, era muy linda. Estaba dispuesto a costearle su viaje a Nueva York. «¿Y mis cipotes?», preguntó ella. Él, haciendo un gran esfuerzo, accedió a pagar el viaje de uno de ellos. De esta forma es como Norma Ovando sale de Tegucigalpa con su hijo pequeño y cruza «de mojada» a través de México. Pasó miedo. Le habían avisado de que quienes les ayudarían a atravesar, «los coyotes mexicanos», a menudo estafaban a los viajeros. «Pero tanto veníamos con Dios que los de la migra bajaban a los otros del bus, pero a mi niño y a mí no nos bajaron.»

Ahora vive con Aarón y su niño pequeño en el Bronx. Escribe que el hijo mayor se quedó con su madre y eso la tiene tranquila. También escribe que la pareja de su madre se aprovechó de ella cuando empezó a menstruar. Así que sus dos hijos son también hijos de él. Asegura Norma Ovando que siente deseos por Aarón y que está aprendiendo a amarle, pero de momento no tienen relaciones porque no es una loca y no quiere quedarse embarazada otra vez. Insiste en que él es bueno y la esperará hasta que ella quiera ser su pareja. Lo que no escribe es que está ingresada en el hospital porque padece una enfermedad de transmisión sexual. Tampoco escribe que le gustaría mucho comerse una buena baleada, que extraña el olor a jabón que desprende su hijo mayor y lo rico que se lo hacía la pareja de su madre.

La paciente con trencitas de la habitación 621 ha visto en YouTube un vídeo en el que Johnny Depp, vestido de pirata del Caribe, visitaba una unidad oncológica. Ésa no es una unidad oncológica ni Ourworks una fundación con tantos recursos, pero ella no ha pensado en eso y va a ser difícil moderar sus expectativas: Jay-Z, Beyoncé, LeBron James, Kanye West, Lady Gaga, el presidente Barack Obama... Se abre la puerta. Quien está entrando en su cuarto no es siquiera la maga sexy que la visitó el día anterior. Sara saluda. Le pregunta si las trenzas tan bonitas que tiene se las ha hecho ella, aunque claramente son unas trenzas profesionales. La paciente se recuesta dándole la espalda. Como la bata azul del hospital es una especie de capa antiheroica anudada en la nuca, le muestra el culo.

—¿Cómo te encuentras?

Sufre algunas contusiones articulares por el golpe que se pegó cuando el coche de su padre dio una vuelta de campana de camino a Yonkers. Su hermana, en cambio, salió disparada a través del parabrisas.

—¿No ves que estoy hecha tierra? —responde, y vuelve a darle la espalda.

Está adolorida, aburrida de estar tumbada, de sus hormonas, de tener un nudo de tristeza en la garganta que le impide deglutir.

—¿No te animas a escribir algo?

Sara le alcanza el cuaderno con el membrete de Ourworks.

A modo de respuesta, la paciente de trencitas se coloca unos auriculares y escucha música. Si ese accidente le hubiera servido al menos para conocer a Beyoncé o a Kanye West... Así daría envidia a su hermana, que, aunque esté muerta, debe de verla desde algún lado. La profesora de escritura sigue diciendo cosas. Gracias a la música, ella no la oye. Termina por quitarse los auriculares. Sara le vuelve a ofrecer el cuaderno. Con tal de que se vaya, lo coge, traduce al español los versos de la canción que estaba escuchando a través de los auriculares y los escribe.

—Esto es una maravilla. ¿Te sientes mejor? —pregunta Sara.

Son versos que pertenecen al último disco de Nicki Minaj.

Es la hora de comer. Tynonna calienta su táper en el microondas de la sala de descanso mientras charla con el payaso digno, que, además de ejercer como payaso para percibir su beca Ourworks, estudia un doctorado en trabajo social. Es moreno, no usa pintura ni otro disfraz más que una pajarita fosforescente. Se aplica cera en el bigote para rizarse las puntas y ese detalle daliniano le hace sentirse distinguido.

Para ser amable, Tynonna incluye a Sara en la conversación. Le explica al payaso que, al igual que la risa, la escritura es una forma de terapia; elaborar narraciones a partir de los conflictos personales ayuda a organizarlos, a simplificarlos, a desahogarse. La escritura es libertad y a los niños les va estupendamente, asegura. «Show him the notebook», le pide a Sara. El payaso digno mira el cuaderno. Al ver el relato de Norma Ovando, le pregunta algo a Sara en español. Ella responde: «Tremendo, ¿no?». Ambos sonríen. Tynonna los mira. Sabía que Sara hablaba español, pero nunca la habría clasificado como latina. Vista así, le parece menos desvalida. Incluso capaz de gustarle al payaso digno. Por eso le dice que ya es la hora; debe comenzar las sesiones de escritura creativa con los demás pacientes de la lista. Tynonna continúa conversando con el becario: a ella la escritura le resultó muy útil para recuperarse de su ruptura matrimonial. «That's cool», responde él, y añade: «Oh, you have something here». El payaso digno le limpia los labios con una servilleta. Lo hace varias veces pero el «something» no se le va. Cuando se da cuenta de que es vitíligo, no puede evitar hacer un gesto de sorpresa. Tynonna no se ofende. Es más, aprovecha que no está la maga sexy para preguntarle si le gusta jugar a los bolos.

Jaulas

Es abril. Por fin se ha descongelado la fuente de Bryant Park y Rod vuelve a usar su cazadora camel. Desde que se conocen, Sara y él apenas han salido juntos a la calle. Ahora pasean con tranquilidad. La última vez que se vieron fue a finales de enero y ella lo encuentra más blanco que nunca.

En una esquina de la plaza está la caravana acristalada de la familia Ticonipa. Tras un invierno neoyorquino a la intemperie, el sombrero de fieltro de Elvis ha quedado devastado.

—Hola. Soy una alumna de aquí, de la universidad. —Sara alza la voz porque tiene la sensación de que Ticonipa no la oye—. ¿Cómo han pasado los pájaros este invierno?

—Buenos días —saluda también Rod para practicar su español.

A pesar de que el clima por fin comienza a templarse, Elvis está tapado con varias mantas y lleva un chullo bajo lo que queda del sombrero de fieltro. Los ojos se le han hecho diminutos, le ha crecido una barba blanca de pocos pelos y tuvo que pedir que le llevaran crema hidratante de reparación intensa. Su piel serrana está acostumbrada al frío y al viento, pero Nueva York ha resultado demasiado.

—Hola —insiste Sara y mueve los brazos.

Rod da unos golpecitos al cristal y Elvis por fin los mira.

—¿Un poemita, chunku palomita?

—No, Elvis, muchas gracias. ¿Está bien? ¿Y su familia?

—¿Ya pues, un poemita wawitay?

El señor Ticonipa definitivamente no está bien. Su acabose comenzó el día en que una joven con cara de lechón que paseaba por el parque sintió curiosidad por el pequeño de sus hijos. Primero le gustaron el jersey de alpaca del chico y sus botas de cuero procedente de diferentes camélidos. Tras varias visitas, terminó por gustarle el Elvisito completo. Le hacía gestos, le gritaba a través del cristal y, aunque el chico no entendía nada, si lo del padre es pasión aviar, lo del hijo resultó delirio porcino. Una noche el adolescente se fugó y, dos días después, en plena tormenta de nieve, la esposa y el otro hijo insistieron en que tenían una preocupación demasiado grande por el paradero del Elvisito. En realidad, estaban hartos de la sinrazón de Elvis, de simular que la literatura tiene una función social, de estar encerrados y pasar frío en esa caravana sin techo. Por eso, sin ningún remordimiento, cogieron sus cosas y se fueron al apartamento que tienen los primos de sus primos en Flushing, donde además, desde su fuga, se alojaba también el benjamín.

—¿Está bien, Elvis? ¿Quiere que avise a la universidad para que vengan?

—Bien. Bien nomás. Miren qué cielo tan lindo.

Sara y Rod se despiden de Ticonipa.

—*Wow, really? Hard to believe! He's a writer?* —pregunta Rod dando la espalda a la caravana—. *Is he selling many books this way?*

—*I don't think so.*

—*I'm sure he's not. That's terrible.* —Sara trata de hacerle andar pero Rod está impactado—. *He's in need of a sponsorship!*

Rod explica que en China, el país donde se publican más libros, las tiradas son masivas porque diferentes marcas pagan por anunciarse entre sus páginas. Le coloca la manaza en el hombro mientras se esfuerza en convencerla de que el patrocinio literario es una práctica muy conveniente: además del anuncio, los escritores chinos incorporan en sus libros referencias al producto que sirven para estimular el deseo del lector. «Just like that!» A Rod le parece ilógico que todas las artes cuenten con patrocinios privados y, en cambio, la literatura se siga resistiendo. Asegura que es algo que está a punto de extenderse también por Estados Unidos. De hecho, dos marcas hispanas contactaron con Fulfill-a-Dream porque querían patrocinar los folletos didácticos de la fundación: una marca de chocolate mexicano y otra de jabón. El problema es que, de momento, Fulfill-a-Dream no publicará nada para el público latino.

—*We should tell him about our sponsorship program!* —dice girándose e intentando arrastrar a Sara de nuevo hacia la caravana—. *He would probably love having* chocolate Carlos V *and* jabón Hispano *as sponsors.*

Sara lo disuade como puede de meter en el cuerpo del desgraciado Ticonipa el demonio del dinero fácil.

Un cantante se instala cerca de ellos y con su primera canción, «Cuando calienta el sol», recibe muchos billetes de dólar. La música estimula a Ticonipa a despojarse de una de sus mantas. Debe ponerse en marcha, como cada día. Adecentar un poco ese lugar, prepararse su comida, escribir algunos poemas. Vierte jabón friegasuelos en un barreño y, como si estuviera bailando un valsecito criollo, limpia su caravana que en realidad es un expositor. O peor, una jaula. No se lamenta. Ticonipa sabe que, a diferencia de los pájaros, cada ser humano se construye la suya.

—*Poor him! Now the writer is mopping!* —dice Rod señalando.

Y le cuenta a Sara que le dan ganas de mandarle al cuñado de Kalata.

—*Do you know Mr. Pena?*

—*Of course I know him!*

Rod explica que, por poco dinero, alguna vez le ha hecho también alguna reparación a él. A finales de enero se lo encontró en el barrio, venido abajo. Sufre un problema de ludopatía y, entre que había hipotecado parte de su empresa y que míster Kalata lo había despedido, estaba en la ruina.

—*Now he is my cleaningman!*

Rod dice que el cuñado le limpia el apartamento los martes y los jueves, repara lo que sea necesario y además alguna vez le hace la comida. «Even mofongo!» El único problema es que pierde mucho pelo. Seguramente a causa de tanta ansiedad.

—*He leaves his tiny black curls on the floor. It's a bit disgusting, really.*

Se alejan de la caravana de Ticonipa. Caminan entre un grupo de desempleados que aprovechan el buen tiempo

217

para echarse unas partidas de ajedrez. Caminan junto a las farolas y a los cerezos en flor. Caminan también, aunque no se den cuenta, al lado de Alec Baldwin, que, como cada día, pasea por allí a su schnauzer. Sara piensa que, además de estar pálido, Rod ha perdido masa muscular. Es menos Apolo de Belvedere y más Cristo en el Calvario con el pelo corto. Ecce Homo. Como estaba convencida de que tenía otra amante no contestó a sus mensajes durante un tiempo. Pero ahora, viéndolo tan desmejorado, siente pena. Entonces Rod le explica que necesita decirle algo. Se detienen y sujeta a Sara por los antebrazos: Annalisa está embarazada y se va a mudar con él al edificio Cherokee.

—*Really?* —pregunta Sara—. *That's great. Congratulations.*

Lo abraza. Él, como pidiéndole perdón, le explica que hasta ahora vivían separados porque la convivencia entre Bud y Gigi Maria resultaba imposible, pero el embarazo le ha hecho abrir los ojos: va a mandar a Bud a Connecticut, con su hermana. No había querido darse cuenta pero lo que más necesita en este momento de su vida es formar una familia, y se le llena la boca con esa palabra, «familia», aunque sea la institución más problemática que ha habido en el mundo.

Lo cierto es que ésta será la tercera familia de Rod. Dejó la primera atrás, en Connecticut, cuando concluyó que su madre era una avara demandante. La segunda la formó con una muchacha que parecía muy necesitada de autoestima. Con ella tuvo a Sarah y a Ralph, que es un poco bizco. Tras enterarse de que su esposa iba enriqueciendo su ego gracias a los halagos y las caricias de otros hombres, se sintió traicionado. Pero eso no le va a pasar con Annalisa. Ellos gestionan la relación de forma armónica. Por muy atractiva y muy diseñadora de fulares que sea, él sabe cómo disminuirla para poder seguir queriéndola: con algo de condescendencia, dosificando conductas pasivo-agresivas, recordándole la historia que ambos construyeron sobre lo especial que es su amor. Exactamente las mismas estrategias que emplea Annalisa con él.

—*I am sorry, Sara. We can't see each other anymore.*

Y se encorva para abrazarla muy fuerte, para sentir sus huesitos y su fragilidad.

—*It's OK.*

A pesar de que lo extrañaba, ella ya había asumido meses atrás que su relación se había acabado. Además, ahora está ilusionada con Poncho.

—*I don't think that you are OK, Sara, but I hope that you will understand.*

—*Don't worry, Rod. I am fine.*

Entonces la acerca a un árbol.

—*You don't need to pretend. I feel a lot of love for you, but things turned out this way.*

Que Sara lo trate de una forma tan fría, como si lo que ellos han tenido durante más de un año no hubiera significado nada, le parece irrespetuoso.

—*I am very happy for you.*

La besa y siente como si hubiera perdido su capacidad de dominio. Como si fuera él y no ella quien da lástima. Saca la lengua de su boca y la empuja. Sara cae a los pies del árbol.

—¿Qué haces, idiota?

—*You are happy, huh? Go fuck yourself.*

Visto desde abajo, le parece que Rod no es un país tan enorme. Lo ve marcharse. Por primera vez desde que llegó a Nueva York, Sara se siente huérfana.

Ansiedad autoral

Eran catorce. Ahora son once sobre la pista o, más bien, diez. Nueve y medio en realidad porque, aunque Martín Márquez corra entre el pelotón que encabeza la carrera, está amilanado. La línea de meta tan cerca y él perdiendo a cada zancada su sarcasmo y su alegría de vivir. ¿El motivo? Se ha revelado que el concepto *cuirsh*, con el que caracterizaba lo *queer* andino, era un préstamo tomado de unos youtubers. Le pesa que la gente se ría a sus espaldas pero sobre todo le pesaría que, dentro de tres semanas, los editores de Savage Books lo rechazaran por esto. Corre. Martín todavía no se detiene. Se dirige hacia este sol neoyorquino de principios de abril que apenas calienta. Va perdiendo fuelle, pero va. Se pregunta por qué querría él continuar plegado a las dinámicas competitivas de los talleres de la Metropolitan University of New York, al eurocentrismo que supondría publicar un libro latino con una editorial española. Lo ve todo tan gris que no es capaz de darse cuenta de que aquel vídeo musical con hombres que se tocan las carnes morenas delante de un póster del Machu Picchu jamás dotaría al término *cuirsh* de categoría intelectual. Y aunque fue divertida la ocurrencia que tuvieron los youtubers de cambiar la letra del «It's in his kiss» de Betty Everett por «Eres muy *cuirsh*», era necesario que alguien conceptualizara las claves de ese vídeo y las pasara por el tamiz de la academia estadounidense. Martín corre. Apocado pero su militancia continúa. Qué más da si Prometeo inventó o no el fuego. Lo importante es que se lo robó a los dioses para entregárselo a la humanidad. Puede ser que Martín haya tomado lo *cuirsh* de los youtubers para presentarlo en bandeja de oro en el Olimpo literario, pero ¿tiene eso algo de malo?

Además de la pérdida de medio Márquez, puede advertirse la primera de las bajas definitivas de esta competición: Gladys. Al fin y al cabo ella sólo quería ser la autora de un libro de historias pretéritas que en las noches de garúa limeña hiciera a muchos peruanos sonreír, especialmente a sus abuelos. Un libro que fuera todo raigambre y estuviera escrito en español porque es la lengua de sus ancestros y aquella con la que le habla a su hijo Tobi. A pesar de que Gladys consiguió sus objetivos y se mensajea de vez en cuando con Safran Foer, su reino no es de este mundo. O al menos no del mundo de los editores españoles: la emigración italiana al valle del Chanchamayo no interesa en España. En Savage Books buscan autores que escriban temas de calado y proyección universal. De todas formas Gladys es triunfadora de sus propios objetivos: invicta en desoír críticas; en resbalar por la vida con la alegría de quien ha encontrado el suelo fregado con jabón; en ignorar a aquellos compañeros que la llaman «Mono Burgos»; en mantener una pureza literaria que debería ser patrimonio de la humanidad. Al contrario que la mayoría de sus compañeros, ella terminará el máster fiel a sus ideales. Se atrasa, se atrasa mucho Gladys y tropieza con el dorsal once perteneciente a Linda, que está acartonado en el suelo, lleno de porquería. Y es que, si la venezolana no se recupera rápido, adiós al tintineo de sus adornos hippies, a las fotos de sus extremidades posteriores y a su empeño por escribir sobre inmigrantes, niños y mujeres maltratadas porque desde su adolescencia consideró una prioridad «dar voz a quienes no la tienen». ¿Y acaso alguien le dará voz a ella? ¿Quién denunciará esos discursos que cada día castigan el cuerpo y el espíritu femenino y que tienen a Linda ingresada en el hospital, alimentándose a través de un tubo nasogástrico? La única que en ese máster escribe —o, más bien, escribía— sobre estos temas es La Marica. Pero «si Linda se muriera ahogada en su propio vómito, mejor. La malparía esa». Se rumorea que, unas semanas antes de su segundo ingreso en lo que va de máster, la venezolana liberó una información a la que había accedido como asistenta de los profesores: los certificados escolares de La Marica son copias falsas; es decir, estaba intentando acceder al programa de doctorado sin haber terminado siquiera su licenciatura. Qué más le hubiera gustado a La Marica que haberse puesto su vestido turquesa con escote halter, sus zapatos de plataforma y haber recibido años atrás su título de graduada en comunicaciones junto a sus compañeros. Pero tras recibir amenazas por publicar un reportaje que denunciaba los negocios sucios que se hacían con la palma africana —«Te vamos a poner a chupar gladiolo, mami»—, La Marica huyó. De Bogotá, del periodismo y de las tres asignaturas que le quedaban por cursar. Vivió prácticamente encerrada en casa de sus tíos, en Barranquilla, hasta que un profesor le habló de este máster neoyorquino en escritura creativa que le cambió la vida. Ahora su familia está tratando de sobornar a quien haga falta para que le expidan el título pero, tras un escándalo así, se la puede considerar la tercera baja en este pelotón de competidores. ¿Y quién puede ser la cuarta? Corre Sara, respaldada por la mayoría de sus compañeros, que la tratan con amabilidad para salir bien parados como personajes de su libro. Vemos también a Haniel, con el dorsal número dos, que avanza, lo pasa en grande en los bares de St. Marks y además está a punto de terminar su novela. Por su parte, el grupo de Illuminati prosigue unido, teorizando sobre la última vanguardia escritural en la literatura latinoamericana. Continúan preguntándose sobre qué es posible escribir hoy en día y, aunque concluyen que, tras las crisis de representación del siglo xx, es imposible contar algo con autoridad, lo cierto es que, a excepción del chévere —que, temiendo que pueda marcharse su Marica, se dedica últimamente a prender velas y a meditar—, casi todos los Illuminati tienen listos sus proyectos. También Víctor corre, apurado, con su melena negra y ondulada al viento. «Pelo malo», como llaman a ese tipo de cabellera en su país. Le han dicho que necesita hacer un redoble de tambor: «Los editores valorarán algo más de intensidad», le aconsejó el profesor Mariano. Y es que, aunque Víctor haya demostrado ser muy talentoso como cineasta, en la literatura está resultando como en el fútbol: de bajo fuelle. Se ha propuesto mejorar sus crónicas con frases dramáticas pero le parece que suenan impostadas. Esta situación lo tiene tan estresado que se ha apuntado a un taller de origami. Pero si Víctor corre y María Eugenia adelanta puestos como nadie, ¿quién podría ser la otra baja? Sara mira a su costado y cae en la cuenta de que, con lo grande que es, no lo ve. «Eh,

Poncho, ¿dónde estás?» Sara se detiene para esperarlo. Pasan otros corredores pero el mexicalense no aparece; está descansando en la enfermería. ¿Acaso se le habrán indigestado los tacos al pastor con achiote que ha desayunado? No, el suyo no es un padecimiento estomacal, sino de corazón. Y no sólo porque haya perdido sus últimas partidas de póker online (al fin y al cabo, tiene muchísimo dinero ahorrado). Lo que le tiene arrebatado es que la española esté exponiendo intimidades en su novela, que escriba del gringo ese y que sus compañeros se burlen de él. En un principio le agradaba formar parte tanto de la vida de Sara como de su ficción, pero hay momentos en que no le quedan claros los límites entre una cosa y la otra. Poncho querría controlar esa escritura; ponerle una rienda, un bozal, un cinturón de castidad. No se anima a tomar medidas porque se educó entre lecciones sobre el individualismo, la privacidad y la necesidad de tratar a las mujeres de forma igualitaria. Ha dejado de correr porque está luchando consigo mismo. Como tiene experiencia en este ámbito, se ha dejado KO.

Evocaciones

—La entrada a lo más profundo de una persona empieza por la boca. Por eso es importante lavarse incluso la lengua.

—¿Con jabón?

—Si os lo acabo de explicar: con el propio dentífrico y el cepillo. Sin olvidarse del hilo dental y del colutorio.

Así concluyó su presentación en aquella jornada de padres profesionales que se organizó en 1990 en el colegio de Sara. El objetivo era que los estudiantes conocieran diferentes modelos laborales que les ayudaran a tomar una «decisión vocacional» en el futuro. Los estudiantes salieron al recreo, las monjas le dieron las gracias y el padre cogió un taxi porque, pese a que su casa estaba a pocas manzanas, la caminata se le hubiera hecho muy dura. Ya apenas podía ver. Pocos días después ingresó en el hospital a causa de una nefropatía.

—¿Y tú qué vas a ser, bonita? ¿Dentista, como tu papá?

—Inspectora de lenguas.

Aquel día el padre había llevado al colegio de Sara la misma dentadura de plástico gigante que ahora sujeta en el despacho del pastor Leobardo. Explica que es importante usar una pasta con fluoruro, lavarse con movimientos cortos, verticales o circulares, y que el cepillado dure al menos tres minutos.

—¿Sabéis lo que tenéis que hacer? —Apoya un cepillo sobre los dientazos plásticos—. Lavaros mientras escucháis una canción y no parar hasta que ésta termine. Así.

Hace una señal a Leobardo para que ponga el cedé que venden en la iglesia. Durante el tiempo que suena una bachata dominicana, el padre cepilla la dentadura y los niños se aburren y se dedican a hacer el tonto y a pegarse.

Al padre le fastidian este tipo de actividades sociales y todo el vocabulario progresista que incluye términos como «comunitario», «integrar» o «cooperación». Pero desde que le sigue el rollo al pastor Leobardo, Cuatro Caminos se le hace más amplio. Ahora que pasan tiempo en esa iglesia, hasta la abuela está desconocida: ha cambiado de frutería y ha probado el mamei. La próxima semana está dispuesta a comprar algunas de esas frutas neozelandesas con pelos que por dentro son de color verde. Le repitieron varias veces el nombre. De todas formas, ella los llama «quivis». En cuanto se entera, Sara toma nota y lo cuenta en su novela. Todavía no ha perdido su ambición de convertirse en inspectora de lenguas.

Clase del profesor Mariano

Muy bien, tenemos aquí una nueva entrega del proyecto que ha estado presentando la compañera. La trama se desarrolla en los meses previos al final del máster y, al parecer, en breve veremos quiénes son los alumnos que logran posicionarse en el circuito literario. Como algunos fracasaron por el camino, el pastel se reparte entre menos bocas. Y, bueno, aunque tampoco puede decirse que en este texto se haya generado una gran tensión, imagino que a todos nos gustará conocer el final, ¿no? Digo esto, que la tensión no me parece tanta, porque este libro se está construyendo desde muchas perspectivas. Hay una voluntad de representarlo todo y de ser hiperconsciente de lo que pasa alrededor de la protagonista. En este sentido, es una especie de panóptico que, al mismo tiempo, resulta incapaz de mostrar nada en profundidad, ni siquiera los afectos. Por ejemplo, las dos relaciones erótico-afectivas son más bien anecdóticas: la del estadounidense y la del mexicano. ¿Qué más veis aquí? ¿No habláis hoy? Bueno, pues si se os ha comido la lengua el gato, continúo: tenemos al padre, a la abuela, el personaje de Peralta y el jefe que a veces la evocan... ¿No os animáis a hablar?

—Yo no entendí si están muertos el papá y la abuela. No sé tampoco por qué a veces nos hablan de una madre y un hermano. Igual ahora que se está acabando la novela, podría la autora ser más explícita con eso.

Muy bien, Gladys. ¿Algo más?

—Yo, que estoy leyendo este libro con mucha atención porque lo publicaremos en Quebranto a finales de 2014 en tapa dura, opino que acá se quiere presentar la dificultad de reconectar con el origen una vez que se deja el país.

Muy buena observación. ¿Y qué puede simbolizar esa iglesia que viene apareciendo desde el principio?

—Es América Latina: el papá llega a la parte caribeña del barrio.

Veo que, efectivamente, estás analizando minuciosamente el libro. Quizá estoy sobreinterpretando, pero además de Latinoamérica, como dice el compañero, he querido ver en la iglesia a las instituciones más nuevas. Hay una especie de solemnidad arcaica en la iglesia tradicional que contrasta con los métodos de esta iglesia de barrio que genera reacciones. Es una iglesia renovadora pero, al fin y al cabo, una institución igualmente.

Vamos a ver, ¿y qué me decís de los personajes? Yo opino que los personajes de este libro son un poco de cartón y sus sentimientos resultan escuetos, casi inexistentes. Entiendo que esto ocurra en el caso de los secundarios, de aquellos que hacen las veces de colectividad o de personajes-grupo, como los argentinos pedantes estos —los Illuminati—, pero creo que sería necesario elaborar más a fondo los principales. ¿Será que la compañera no se ha molestado en intentar conocer a sus propios personajes? ¿No hay quizá un exceso de puntos de vista? Yo aconsejo hacer fichas e incluso someter a los personajes a cuestionarios imaginarios, como hacía Flaubert. Es importante categorizarlos según su importancia. ¿Podría decirse que hay un héroe en la novela? ¿Vosotros qué opináis?

—Yo no estoy seguro de que la relación con el mexicano sea anecdótica.

¿Alguien más piensa como Poncho?

Derbi mítico

Va a empezar la segunda parte. Los jugadores de Furia Literaria salen al campo contentos porque los editores de Los Sures acaban de regalarles bebidas isotónicas y toallas del mismo verde de la equipación. Se colocan en círculo y calientan. Haniel se ata la toalla al cuello, a modo de capa. «Olé, olé súper Pelé.»

Al otro lado están sus rivales: los alumnos de escritura creativa en inglés. Entre ellos hay un premio Pulitzer de poesía, un ingeniero reputado que se pasó a la literatura, dos colaboradores del *New Yorker* y un jordano con rastas rubias que se apellida Cruz. A pesar de que su máster apuesta por la diversidad, en su equipo de fútbol no hay mujeres, como en Furia Literaria. Ésa no es su única flaqueza: usan camisetas de un material malo que huele al mezclarse con el sudor y no tienen quien los jalee porque entre sus compañeros escasea la afición por este tipo de fútbol.

—¿Cuántos fueron los goles que nos metieron en el primer tiempo? —pregunta La Marica.

—Cinco —responde Sara.

—Hijueputa. Es que con el Bolaño en la portería...

—De todas formas, Víctor es mejor portero que delantero, ¿no te parece?

—Pero con él nos van a meter quince. O veinte. Estos escritores gringos están full atléticos. ¿Los viste sacarse las camisetas antes? Ni barriga postural tienen. Capaz que hacen series de cincuenta sentadillas después de escribir cada página. —La Marica deja su abrigo negro sobre la grada. Normalmente viste con colores oscuros pero hoy se ha permitido clarear su atuendo y usa una camiseta del verde del equipo—. Calor rico, ¿ah? Ahora que llegue a Barranquilla sí estará caliente de verdad.

—¿Cuándo te vas?

—En tres semanas. Me permiten acabar las clases pero no estaré en la graduación porque hasta que mi universidad colombiana no envíe de nuevo los certificados, no me pueden dar el título. Esa Linda sí es malparía.

—¿Estás segura de que fue Linda quien habló con los profesores?

—Segura. Si no a ver quién. Durante el primer semestre me agarró de los pelos. La vieja había visto mis *transcripts*

234

y me acusó de haberlos falseado. Yo le respondí que era una bulímica loca y el tiempo me dio la razón. Creo que la acaban de trasladar a Florida porque le dieron el alta y su familia está viviendo allá. Bueno, que se vaya lejos y a la mierda.

—Poncho fue a verla al hospital. Al parecer pesa cincuenta y un kilos, pero ten en cuenta que ella no es como tú y como yo: mide más de un metro setenta. Creo que anda deprimida porque la tienen todo el día controlada. Estaban allí su marido y su madre. —Sara se estira sus pantalones pitillo. Con el calor se le pegan a la piel—. ¿Y tú cómo estás, Marica?

—Pues ahora que sé que Ramón me alcanzará en Barranquilla, mejor. Le han ofrecido dirigir allá unos talleres de cuento del Ministerio de Cultura, así que llegará en julio. Estoy segura de que si no hubiera sido por Linda, me habrían becado para hacer el doctorado.

La Marica baja unos peldaños dando zancadas con sus botines de tacón. Se ha contado a sí misma tantas veces que sus certificados académicos son verdaderos que está llegando a creérselo.

—¿Vienes más cerca? Ya empieza.

En un minuto comenzará el segundo tiempo y los jugadores de Furia Literaria, capitaneados por Martín Márquez, corren levantando las rodillas.

—No calienten más que se desgastan —grita una de las Illuminate desde la parte superior de las gradas.

El jugador que se apellida Cruz se echa gotas en los ojos para que no se le resequen. El ingeniero metido a literato se lava las manos con jabón desinfectante, se pone los guantes y se dirige a la portería.

—¿Aquél es el premio Pulitzer?

Sara se arregla el pañuelo que le sujeta el pelo.

—Claro, ¿no viste que en la primera parte la fotógrafa lo seguía corriendo por la banda?

—¿Ha venido una fotógrafa?

—Sí, mírala allá, y no es cualquiera, es famosa, amiga de Safran Foer. Yo la conocí en la FILBO de hace cuatro años: le ha sacado fotos a casi todos los escritores del mundo.

El árbitro pita. La lleva el premio Pulitzer. Corre relajado, como si en vez de estar atacando la banda contraria anduviera de paseo. Controla el balón, regatea a un Illuminato. Se va de él, se va también de Poncho sin esfuerzo. Tiene tiempo para aminorar la carrera y dirigirse a la cámara de la fotógrafa con una sonrisa que parece salirle del corazón. Aunque todavía está lejísimos de la portería, se detiene y dispara. Víctor, que está adelantado, corre. «Venezolano, oligarco, tapá el arco», grita una Illuminata. Víctor estira el brazo para proteger sus gafas, y gol. El premio Pulitzer levanta los brazos y grita algo. Cruz, el jordano de las rastas rubias, acude a celebrarlo con él.

—¿«Sabor» gritó el mamón este? —le pregunta Poncho a Martín.

—Conchesumare, sí: «sabor, sabor». Ya me pareció que el güeón lo decía al meter el tercero.

Ahora es un Illuminato quien lleva el balón y mira a los lados buscando el pase. Los más cercanos son Poncho y Martín pero los ve conversando y se lo envía al Illuminato chévere, que corre por la banda. Martín había planeado reorganizar el equipo para defender mejor su portería, pero está demasiado enfadado como para hacer cambios.

—Estos gringos güeones... Habrán leído como mucho *Cien años de soledad* mal traducido, y porque una vez lo recomendó la Oprah Winfrey en su hueá de programa. Con eso ya se creen que pueden estigmatizar a los latinos como les sale del hoyo: bailamos salsa, comemos tacos y en nuestros países todo es realismo mágico.

—Además decimos «sabor».

El Illuminato chévere retrasa el balón para Haniel, que controla y llega por la banda derecha, pasándosela a Poncho. Poncho se va de uno de los colaboradores del *New Yorker* y se acerca a la portería pero Cruz le hace una entrada.

—¡Falta, eso es falta! —grita Sara, que se ha quitado las botas porque le daban calor y se indigna en calcetines.

Poncho está en el suelo y, siguiendo el consejo que solía darles Peralta, hace un poco de teatro.

—¿Hinchás nada más por Furia o también por los yanquis, eh, Sara? —se oye desde la grada superior.

Como el partido sigue y el árbitro no pita, Poncho se pone de pie, se sube las medias y sigue corriendo.

—¿A qué habrá venido eso de que animo a los yanquis? —le pregunta Sara a La Marica, mirando hacia arriba.

—Creo que algunos miembros de la mafia argenta están emputados porque te presentaste al concurso de los venezolanos y ganaste. Luego se enteraron de que también vas a enviar tu novela a Savage Books, aunque se la habías prometido al estúpido de Quebranto.

—Pero si todo el mundo va a enviar sus libros a Savage Books, incluidos ellos. Y yo qué culpa tengo de que los únicos concursos literarios que hay aquí los organicen los venezolanos. Mira con qué alegría les han aceptado ellos las toallas gratuitas...

—A mí no me digas, yo cada día detesto más a esos cuatro Illuminati. Me los aguanto sólo por Ramón. Fíjate que no me emputa tanto que no me den el título del máster como que el estúpido de Quebranto se haya ganado la beca doctoral. Te digo que esa beca era mía. Además, ése ya tiene un doctorado.

Córner para los escritores en inglés. El premio Pulitzer se toma su tiempo para sacarlo con un lanzamiento raso, a la altura de la cadera, que alcanza perfectamente a Cruz. Éste remata con la izquierda y mete gol.

—Mierda. Siete. Qué humillación. Oye, ven acá, Sara, no te debería decir esto pero Poncho le contó a Martín, y éste a su vez le dijo a Ramón, que anda paranoico con tu gringo. Deja de meterte con él.

—Lo de Rod ya se acabó.

—La gente de la maestría es chismosa y le contaron al gordito que los vieron en Bryant Park.

—Pero Rod y yo sólo nos estábamos despidiendo porque se muda a vivir con Annalisa. Ya no vamos a vernos más.

—Mira, no me cuentes cuentos. No entiendo por qué te sigues metiendo con ese gringo que, por lo que tú misma me dices, tiene una relación medio sádica con la italiana. Es más, creo que eres una víctima más del mito del supergringo: de la imagen que nos han vendido del estadounidense guapo y grande que salva a la mujer desvalida. Estás esperando que Rod te socorra porque ésa es la estupidez que nos imponen con sus libros, su música y sus películas en las que ellos son los más bacanos.

—De verdad, Marica, ya no vamos a vernos más.

—Sólo recuerda que esa relación es decepcionante, patriarcal e incluso supremacista: tú no necesitas que nadie te rescate. ¿Y ahora de qué te ríes?

—Del supergringo. Cada día te inventas una teoría nueva.

Cruz recupera el balón y avanza hasta que se topa con Martín.

—Vamos, capi.

Pase para el premio Pulitzer, que sortea a varios jugadores de Furia Literaria hasta llegar ante la portería. En cuestión de segundos, Víctor termina de recogerse el pelo con un elástico y extiende ambos brazos como cuando la profesora Selma hace *la crucifixión*. El premio Pulitzer chuta.

—¡Hijueputa, el Bolaño lo ha parado!

—Y con el sobaco.

Los hispanos, incluidos los Illuminati, aplauden a su portero. Mientras, a petición de la fotógrafa, el premio Pulitzer se abraza a uno de los colaboradores del *New Yorker* y da gritos al jordano Sabir Cruz para que se coloque junto a ellos y los puedan inmortalizar juntos, como las tres estrellas que son. «Sabir, Sabir», lo llama.

—No puedo creerlo, conchesumare, lo dijo de nuevo. ¿Lo oíste?

—Se está ganando una putiza.

Evocaciones

17.01

En una hora habrá acabado su cumpleaños. Al menos en España. Sara espera en el sofá, con el ordenador portátil sobre las piernas, a que su familia se conecte por Skype. Mientras, revisa los mensajes que la gente ha dejado en su muro de Facebook. Incluso cuatro de los cinco Illuminati le han escrito. Tiene ochenta y siete felicitaciones en total. Responde a algunas, da «me gusta» a todas.

El año pasado, su madre y su hermano compraron una tarta de la pastelería Mallorca, la colocaron delante de la webcam, y su hermano apagó las velas por ella. Hasta el momento, el festejo de Sara está consistiendo en pasar todo el día en pijama y no obligarse a escribir, a pesar de que los editores de Savage Books llegarán en diez días.

La sala de su apartamento está llena de cajas. Annalisa y Gigi Maria se mudaron la semana pasada al edificio Cherokee pero muchas de sus cosas siguen allí. El fin se acerca y ella querría quedarse en Nueva York, pero no tiene trabajo ni visa. No importa. Trata de seguir con su plan festivo: coloca el portátil en la mesita, se estira en el sofá, coge el mando del televisor y deja uno de los programas estadounidenses traducidos al español que están dando en ese amplio abanico de entretenimiento latino que ofrece el cable; uno sobre el chimpancé de Michael Jackson. Se titula *Reunión con Bubbles*.

17.19

La primera vez que Sara vio a Bubbles era muy pequeña. Merendaba galletas Príncipe mojadas en leche cuando éste apareció. En aquella época sólo podían verse dos canales: Televisión Española 1 y Televisión Española 2. En alguno de ellos, daban noticias musicales y mostraban al chimpancé sentado con un peto rojo y una camiseta a rayas mientras Michael Jackson tomaba té y charlaba con un alcalde japonés. De repente, el mono, que parecía tan serio, se subió a la mesa e intentó robarle la taza a su dueño. Jackson lo apaciguó ofreciéndole un sorbito. «Papá, mira», gritó ella. Su padre debía de estar fumando en el baño, donde se escondía para evitar darles mal ejemplo. «El mono.» Se levantó para buscar a la abuela, pero estaba ocupada revisando que en el paquete de lentejas no le hubieran colado alguna piedra. Como nadie le hizo caso, siguió bebiendo su leche.

Ahora tiene una sensación parecida. Mira el televisor, palpa el sofá y encuentra el móvil en la hendidura que hay entre el cojín y el reposabrazos. Sube el volumen por si la llaman.

El documental muestra imágenes viejas del chimpancé en un avión de lujo con gafas de sol y una chaqueta de cuero púrpura. En la época en que Bubbles se iba de gira con Michael Jackson, a Sara le gustaba comer pizza o hamburguesa, secarse el pelo con la cabeza hacia abajo para que al levantarla pareciera electrocutado o hablar a escondidas con su hermano de la teta que había enseñado Sabrina en el programa de fin de año del 87. Uno de los días más tristes que recuerda, aquel en que ayudó a embolsar las camisas de su padre para donarlas a la iglesia, salió de su casa dispuesta a dar una sorpresa a su familia. No era difícil adivinar que ni su madre ni su abuela estaban de ánimo para cocinar, así que se dirigió al Wendy's de la calle Orense y regresó con comida para todos. De ese día recuerda las caras de deleite que por unos instantes hubo en su casa: el kétchup pringado en el pan, las patatas, el regalo que tanto le gustó a su hermano. También recuerda haber aprendido lo bien que se sentía siendo capaz de complacer.

17.41

Según cuentan en la televisión, durante los primeros años de la década de los noventa, Michael Jackson llevó a Bubbles a un logopeda pensando que en algún momento aprendería a hablar. El chimpancé no fue capaz de decir una palabra, pero sí consiguió dar unos pasitos hacia atrás mientras sonaba «Billie Jean». Jackson declaró con orgullo y en exclusiva que su mono había aprendido a bailar el Moonwalk.

17.52

En el ordenador pone diecisiete cincuenta y dos, pero ella lee «doce menos ocho». Luego revisa en el móvil el último mensaje de su madre: «Enan, ests bien? Hablé con Peralt. M dij q ganst 1 concurs de relat gracis a algun text dl libr q stas acaband. Q alegría. Mándansl, l querems leer». Pero Sara sabe que en realidad su madre no querría leer un libro como el que ella ha escrito. Ignorándola está tratando de evitarle disgustos.

Le parece que lo mejor que puede hacer es seguir viendo la televisión. En el programa explican que, cuando Bubbles creció, lo llevaron a un santuario animal de California, donde ha pasado los últimos años de su vida. Ahora La Toya Jackson, la hermana del cantante, está a punto de acudir a visitarlo y a darle la triste noticia de la muerte de Michael.

17.59

Sara se levanta, va a la cocina, se sirve un vaso de leche y lo calienta en el microondas. Como no le queda chocolate ni galleta alguna para mojar, coge un pedazo de pan de molde, lo coloca en un plato y vuelve al sofá.

Estamos siguiendo con nuestras cámaras a la hermana del rey del pop, pendientes de la reacción de Bubbles. Ahí tienen a La Toya Jackson. ¿Cómo estás? «Emocionada.» Nosotros te vemos fabulosa. «Gracias.» Pues ahora sí, señores, ante todos ustedes... «Oh, Dios, ¡Bubbles, querido! Uy, pero qué grande estás, no puedo creerlo.» Sí, señores, nos indican que este chimpancé gordito y canoso de ochenta y ocho kilos al que le gusta comer batata y escupir agua a sus visitas es precisamente Bubbles. Como ven, comparte jaula con otros dos compañeros pero tiene espacio para estar a sus anchas y disfrutar de la naturaleza. Nos dicen que puedes acercarte, La Toya. «Ay, Bubbles, querido, cuánto te he echado de menos.» Acércate, La Toya, sin miedo. «Ayyy, sí, querido Bubbles, me gustaría darte un beso y abrazarte, pero no puedo porque ahora eres demasiado grande y podrías lastimarme. Te acuerdas de mí, ¿verdad?» Qué hermoso este reencuentro al que nuestras cámaras de televisión están pudiendo tener acceso en exclusiva.

Sara está incorporada en el sofá, mojando el pan de molde en leche. Imagina qué pensarían su madre y su hermano si descubrieran el conglomerado de recuerdos falseados que ha usado para hablar de su padre y de su abuela en su libro. Si supieran que, por temor a no cumplir sus expectativas, a ellos ni siquiera ha sido capaz de mencionarlos. Mira la hora en el móvil: en España ha terminado su cumpleaños.

Atención, como ven, el chimpancé se está acercando a la hermana del rey del pop. «Qué emocionante, Bubbles, querido. Ey, pero ¿qué haces con ese barrote? Bubbles, para. Para. No hagas eso tan feo. Hay cámaras, Bubbles. Qué van a pensar estos señores de ti.» Nos explican los encargados que esos movimientos que parecen copulativos pueden ser resultado de la emoción que está viviendo el chimpancé. Recordamos que Bubbles fue trasladado a este santuario en 2005, a la edad de veintidós años, porque sus conductas comenzaron a resultar amenazantes para la familia Jackson. Ahora, en este nuevo entorno... «Para, Bubbles, por favor, vengo a decirte algo, ¿entiendes? Algo importante.» Parece que, por fin, La Toya ha conseguido calmarlo. Qué bella estampa esta a la que nuestras cámaras están teniendo acceso de forma exclusiva. Ha llegado el momento. Ahora sí, como ven, La Toya le está mostrando una foto del rey del pop. «¿Míralo, ¿te acuerdas de él, Bubbles? ¿Te acuerdas de Michael? Él te quería mucho. Yo sé que te acuerdas de él, de los buenos ratos que pasasteis, del cariño. El caso es que él, mi querido Bubbles, él... Michael...» Señoras y señores, el chimpancé se ha puesto de pie y está comenzando a dar pasos hacia atrás. «Michael...» Increíble, ¿acaban de verlo? ¡Un giro sobre sí mismo! «Tengo que decirte algo, querido Bubbles.» Señoras y señores: no presenciábamos esto desde hace décadas, ¿está acaso Bubbles haciendo el Moonwalk?

«El mono», dice Sara y mira a su alrededor pero nadie la oye. Alarga el brazo para coger el vaso y seguir bebiendo su leche.

Capital cultural

Fueron dos niños atípicos. Con menos ganas de correr, de coleccionar gusanos de seda y de incordiar que el resto. Con el ego inflado porque sus familiares y profesores les decían que ese hábito suyo de estar tranquilos, leyendo, era de inteligentes. Aunque cada vez se volvían más pedantes y más sosos, sus educadores continuaron alentándolos en nombre de la alta cultura sin considerar lo poco interactivos que son los libros.

Con el paso de los años, estos niños crecieron. Además de en mujer y hombre, se han convertido en los únicos socios de la editorial conquense Savage Books. Están convencidos de que abanderan dos causas en vías de extinción: la de editar en papel —si bien cada año se publican en su país unos 70.000 libros— y la de trabajar de forma independiente y meticulosa en cultura puntera. Gracias a la intercesión del profesor Mariano, la Metropolitan University of New

York ofreció pagarles el viaje y una estancia de tres días para que conocieran a las grandes promesas de la literatura hispana y eligieran la obra de uno de ellos para su publicación. Así, el máster comenzó a anunciar en su web que promueve los trabajos de sus alumnos en algunas de las editoriales hispanas más modernas de Europa. Todavía no han considerado matizar que el empleo del plural en «editoriales» es falso. Tampoco mencionar Cuenca.

Los editores disfrutan del vuelo transoceánico: duermen y piden zumo de tomate, por eso de que en tierra nunca lo toman. Una vez instalados, aprovechan para ir a una exposición, ojear los currículums de los alumnos del máster y leer sus manuscritos en el despacho de la universidad que, muy amablemente, les ha cedido el profesor Mariano. El último día de su estancia se preparan para entrevistar a los cinco estudiantes que más les han interesado.

—Adelante.

Haniel les produce una impresión estupenda: es tirando a negro y, aunque Savage Books querría ser una editorial inclusiva, de momento, su catálogo es llamativamente blanco. Les encantan sus Converse estampadas y su pelo rizado en choricillos. Debe tenerse en cuenta que, durante su pubertad lectora, los editores apenas invirtieron tiempo en copiar modelos, en seguir tendencias, en admirar a famosos o en preguntarse cómo hacían sus amigos para gestionar sus cuerpos cambiantes. El resultado de aquel capital cultural sesgado fue una sensación de inseguridad y un conocimiento limitado de lo que es molón que han tratado de compensar como han podido en los últimos años. Por eso, ella se ha hecho tatuar varias flores coloridas en el antebrazo, y él, siempre que encuentra la ocasión, explica que es un apasionado del rock clásico y del flamenco puro. Ahora están al acecho de todo aquello que pueda aportarle frescura a su editorial.

Haniel se sienta. Ellos se yerguen porque la pila de ejemplares del *New Yorker* y las fotos familiares que el profesor Mariano tiene sobre el escritorio les dificultan la vista. Aunque Haniel ha ganado un premio nacional y publicó dos novelas en editoriales conocidas, los editores en principio no lo tenían entre sus favoritos; su manuscrito cuenta una historia de ciencia ficción con una trama demasiado compleja. De todas formas, su cubanidad les pareció lo suficientemente interesante como para citarlo.

—¿Temes acaso hablar del castrismo?, ¿de la situación de tu país?

—¿Con tu manuscrito buscas aislarte de la realidad?

Haniel los mira. Ella le parece atractiva. Tímida, con carnes blandas de intelectual sedentaria y el pelo teñido de negro. Él también le resulta sexy. Antes no se lo habría reconocido a sí mismo pero, tras casi dos años en Nueva York, Haniel ha transitado desde una visión heteronormativa del mundo al goce de apreciar y disponer de cualquier belleza —hombre, mujer o quimera— que se le ponga a tiro. Le hace gracia que el editor sea al mismo tiempo peludo y calvo. Además, le gustan sus pantalones de enseñar tobillo. Por eso, a pesar de que las preguntas que le están formulando son ofensivas y no muy originales, a pesar también de que el editor ha tenido el atrevimiento de decir que dan ganas de tocar ese pelo suyo, Haniel no pierde el buen talante. Al fin y al cabo podrían invitarlo a pasar una temporada de gira promocional por Europa. Y él no conoce Europa.

—Me gustan mucho los libros de ciencia ficción; por eso es que hago ciencia ficción.

—Pero tu distopía es entonces una metáfora de Cuba, ¿verdad?

—Para nada.

Los editores se miran. Pierden un poco el tiempo preguntándole por su pasado y mareando la perdiz hasta que encuentran la forma de hacerle salir del despacho.

—Seguimos en contacto entonces. Y, claro, sí, tendremos que probar el ajiaco. Muchas gracias por darnos la dirección del restaurante este...

—Cojímar.

—Cojímar. A ver si almorzamos mañana allí y luego, bien comidos, nos vamos al aeropuerto.

Los editores le dan la mano y lo hacen caminar hacia la puerta.

—Pero toca si te da curiosidad. —Haniel acerca su cabellera al editor.

La siguiente en pasar es María Eugenia, que lleva un vestido largo, una chaqueta de lana y los rizos recogidos en uno de sus moños crestiformes.

—Vemos aquí que ganaste la beca del banco Santander y que has tomado clases con Villoro, Caparrós, Rivera Garza, Levrero.

—Con Bellatin también.

María Eugenia entiende que este tipo de entrevistas son necesarias. Ya ha hecho decenas de ellas pero no sabe por qué hoy le enerva repetir su discurso de siempre. En vez de charlatana —porque hoy no se siente escritora sino charlatana—, pudo haber sido bailarina. Estudió danza clásica durante nueve años hasta que una combinación formada por el entusiasmo de una profesora de literatura, las canciones de Violeta Parra que sus padres escuchaban en el coche y la idea de que el cuerpo se deteriora rápido pero la mente puede mantenerse lúcida toda una vida, explotó en su cabeza. Entonces abandonó el baile y decidió dedicarse a la palabra.

Mira a la editora, que a su vez revisa su solicitud. María Eugenia sabe que su currículum, formado a base de becas y de nombres de escritores famosos, demuestra dos cosas: que conoce la retórica necesaria para vender su proyecto y que tiene contactos.

—Leímos tu libro de cuentos y nos interesó que hablaras de los desaparecidos de las dictaduras del Cono Sur desde el silencio, es decir, sin llegar apenas a nombrarlos.

—Un gesto bonito: como visibilizar sin apenas alumbrar el foco —completa él.

—Imaginamos que el libro está basado en experiencias personales...

María Eugenia normalmente explica que lleva años recorriendo Latinoamérica y asistiendo a talleres impartidos por los escritores que más admira. Luego dice que en sus viajes descubrió algo: a pesar de su diversidad, toda América Latina está unida por un mismo dolor, el de la injusticia social. Esto del vínculo doloroso gusta mucho.

Por último aclara que sus maestros le enseñaron cómo no es necesario mencionar el horror ni el abuso de poder ya que, lamentablemente, son experiencias habituales que cualquier lector latinoamericano será capaz de reconocer.

Hoy podría conseguir que los cuentos que ha escrito con tanto ahínco durante casi una década aparecieran unidos en forma de libro. Como todo el mundo sabe, lo que se publica en España suele rebotar a Latinoamérica, cosa que al revés pocas veces ocurre. Quizá está enfadada por eso. O porque los profesores Selma y Mariano se han hartado de decir que el proyecto de su compañera Gladys «no tiene público».

Cada día que pasa María Eugenia admira más la honestidad de Gladys y se desprecia más a sí misma. A diferencia de la peruana-americana, ella se ha inventado de cabo a rabo lo que ocurre en sus relatos porque sabe qué es lo que la gente desea leer. Se siente sensacionalista. Odia su apuesta profesional y odia las palabras.

—En realidad en mi familia no tenemos a ningún desaparecido. Es más, un tío de segundo grado del lado de mi papá llegó a torturar a algunos opositores al régimen de Pinocho en su casa de campo.

—Ahhh —dice el editor, que mira a la editora porque, si eso que dice María Eugenia es así, su libro de cuentos resultará aún más vendible de lo que pensaban.

—¿Crees que Mario Bellatin podría escribir una reseñita sobre tus cuentos para ponerla en la contraportada?

Una vez terminadas las dos primeras entrevistas, los editores se entretienen como pueden. Abren cajones, roban unos lápices que encuentran con el logo de la Metropolitan University of New York, miran las fotos que el profesor Mariano sacó a sus nietos durante una excursión a las lagunas de Ruidera y revisan de nuevo a qué hora habían citado al siguiente alumno. «Le tocaba a la caraqueña, debería haber llegado ya.» Pasa el tiempo. Él revisa sus redes sociales. Ella quiere fumarse un cigarro, pero se da cuenta de que las ventanas están herméticamente cerradas. Decide encenderlo de todas formas y echar la ceniza en la taza con restos de café que dejó Mariano. Lleva medio cigarro cuando se dispara el detector de humos. La secretaria del máster acude entonces para comprobar si están bien. Ellos la reciben haciendo gestos de contrición y de paso le preguntan por la alumna que se llama —vuelven a mirar su listado— Linda Gálvez. La secretaria siente que no se lo hayan notificado antes. Siendo poco discreta, les explica que Linda ha abandonado el máster porque sufre trastornos alimenticios. «Está bien grave la chamaca».

Como les quedan todavía cincuenta minutos hasta la siguiente cita, que será con una estudiante española, deciden salir a fumar a la puerta de la universidad. Les sorprende que a finales de abril haga fresco todavía. Se frotan las manos. La editora se da cuenta de que se ha olvidado el mechero en el despacho y, con tal de no subir, pide fuego a la primera persona que ve; un chico moreno y gordo, que está en manga corta en la entrada, comiéndose un bollo. El chico es Poncho. No tiene fuego pero no pasa frío porque, desde que Sara le está dejando leer cómo avanza su novela, algo le quema por dentro. Ya no sabe qué es cierto y qué no. «¿Acaso tuvo herpes y hongos por andar de guarrilla?» En estas cavilaciones anda cuando se da cuenta de que los dos tipos que le han pedido fuego están hablando con acento de España.

—*Sorry*, ¿ustedes son de Savage Books, *by any chance*?

Sin saber por qué, ha intercalado algunas palabras en inglés en esa frase. Poncho es así, a veces actúa de forma irracional e impulsiva, como cuando le envió el email falso de Anagrama a Peralta o cuando somete a Sara a pruebas raras...

—Soy estudiante del máster en escritura creativa: Alfonso, *but everybody calls me Poncho*. Un gusto.

Los editores recuerdan quién es. Se disculpan y le explican que, a pesar de la estética pop que crea en su poemario

—de los desiertos, de los saguaros y de las cachanillas, que son tan de *far west* cinematográfico—, decidieron no publicarlo porque temen que el lector español no genere empatía hacia un tema tan lejano como es la frontera mexicana.

—No, claro. *I absoutely understand this*. Sólo pues, ya que los tengo delante, querría platicarles de mi empresa. Seguro que ya oyeron hablar acá de Hispa Trade, *right?*

—Pues la verdad es que no.

—Híjole, *I can't believe it. Do you wanna grab a beer?*

Una cosa puede haber sido consecuencia de la otra; primero a Poncho le sobrevinieron aquellas expresiones en inglés y, después, ese sentimiento de mexicano «pocho» con alma de negociante. Como los editores no tienen nada mejor que hacer, aceptan ir al Peculier.

—Nos tomamos una y volvemos, que tenemos otras dos citas.

—Uy, qué chula la máquina recreativa —exclama emocionado el editor al entrar en el bar—. Es súper vintage.

—The Hunter, se llama. Está buena. Viene con el rifle para disparar.

Se sientan en la barra y piden a Collum tres cervezas. Entonces Poncho explica que sus propias circunstancias le han hecho conocer bien no sólo el mercado literario sino cómo funciona ese país. Por eso, se animó a crear Hispa Trade.

—¿Les suenan las editoriales venezolanas Los Sures e Intertierras? ¿Y la editorial argentina Quebranto? Son chiquitas, pero gracias a la labor de Hispa Trade han triplicado sus ventas en el último año. La mía es una empresa de distribución y también de marketing. Estamos llevando libros en español por todo el país, consiguiendo no sólo generar nuevos espacios de venta en Estados Unidos sino también abrir un mercado a través de diferentes campañas publicitarias. ¿No les suena aquel spot difundido por internet en que le entregamos una barra de jabón a varios escultores latinos y cada uno hace con ella una figura diferente? «Hispa Trade, infinite possibilities.»

Les traen las cervezas. Poncho pide además tres mezcales. Llama a Collum por su nombre para dar la sensación de que está muy establecido en ese bar y en ese país. Ahora que lo piensa, le parece absurdo que eso de la distribuidora hispana no se le hubiera ocurrido antes. Así habría hecho algo productivo con sus ahorros.

—*As you know*, en Estados Unidos los hispanos y latinos somos casi un veinte por ciento de la población. O sea, más de cincuenta millones. *Creating Hispa Trade was just necessary.* Algo que debía hacerse para dignificar el idioma y la raza.

Brindan. Los editores están encantados. Les parece que ahora todo cobra sentido: ¡incluso Savage Books es un nombre con proyección internacional! Están seguros de que, al entrar en el circuito de distribución estadounidense, el capital cultural que adquirieron leyendo desde la infancia por fin devendrá en capital económico.

—Nos había gustado el proyecto de una compañera tuya, de María Eugenia, pero también podríamos releer tu manuscrito —dice el editor.

—«Mario entre tierras», se llama, ¿verdad? —pregunta ella, que está muy orgullosa de recordarlo—. Quizá no es mala idea apostar por el tema del hispanismo en Estados Unidos e insistir en la frontera con México. Abrió la veda Bolaño y al escritor Yuri Herrera ahora le está funcionando muy bien.

—Oigan, y si les interesa el hispanimo de acá, ¿no pensaron en publicar el libro de Sara Cordón?

Los editores tienen a Sara esperando desde hace más de cuarenta minutos. Al despacho del profesor Mariano está también a punto de llegar el Illuminato con quien tenían la última cita. Pero la editora sostiene un rifle en la mano y caza ciervos, osos y un leopardo. Ya suma más de 20.000 puntos en The Hunter. Poncho la aplaude y, cuando no le miran, envía un mensaje a Sara: «Vente al Peculier; tengo a los de Savage Books acá entretenidos. Si vienes, yo creo que te publican. Tú sígueme el rollo: tengo que ver cómo armar una distribuidora en pocos días. Ya te contaré. Incluso podría emplearte en la empresa y, si lo necesitas, nos casamos para que te den los papeles. Empiezo a pensar que soy el héroe de tu novela».

La editora ha conseguido más puntos que su socio y Poncho juntos. Quiere brindar con ellos pero el editor está distraído mirando su teléfono. En sus redes sociales la gente recuerda que justo dos meses atrás murió Paco de Lucía.

—Fue una pérdida terrible para el flamenco —le explica a Poncho.

Él no sabe quién es Paco de Lucía, pero le da la razón y le dice al editor que lo siente mucho.

—Gracias. Todos los amantes de la música lo hemos sentido horrores. Es que soy un apasionado del rock y del flamenco puro, ¿sabes?

Poncho le da una palmada en la espalda y le dice que tome el rifle.

—No, hombre, gracias. Juega tú.

Poncho insiste. Al editor se le pasa la pena en cuanto mata dos alces.

La consagración

Termina el mes de mayo y, cuando Poncho se dirige hacia el metro, los indios de Jackson Heights ya han puesto en la acera sus tenderetes con telas, pulseritas de cuero y collares de oro falso. «Best prices guaranteed», le dicen al verlo detenerse para aflojarse los zapatos nuevos que le rozan en el talón. Poncho se incorpora, se siente atraído por una colección de rupias que ya no están en curso. «Thirty dollars just for you.» Ahora que es dueño de su propio negocio tiene demasiados asuntos que atender, así que se mete prisa a sí mismo e intenta olvidar las monedas. Ve entonces un cuenco tibetano. «Just fifteen, my friend.» En ese mismo momento, en el aeropuerto JFK, La Marica embarca en el vuelo que la llevará a Barranquilla para empezar una vida colombiana en la que la ropa negra y los cuestionamientos sobre el cambio de paradigma de la literatura no le servirán de mucho. En su mano atesora esperanzas y un cuarzo portador de armonía que le ha regalado el Illuminato chévere antes de despedirse en el control de pasajeros y prometerle falsamente que en julio se instalará con ella. Postergar disgustos y avivar ilusiones forma parte del amor. Con la certeza del deber cumplido, el chévere coge un taxi en dirección al estadio de los New York Yankees porque allí se celebran hoy las graduaciones. Hacia el mismo lugar va el profesor Mariano en su bicicleta. La sensación de que está tonificando sus músculos es tan poderosa que no le importa pedalear durante cuarenta minutos con ese calor ni que, por el camino, le broten cercos de sudor en la camisa. Sara, en cambio, irá en metro. De momento baja las escaleras de su piso. Se levanta la toga verde para no pisársela y se repite la cantinela que tantas veces le han dicho de que el nombre de la Metropolitan University of New York le abrirá muchas puertas. Cuando llega a la calle, mira por inercia al edificio Cherokee y recorre cada ventana blanquísima con remates hasta la quinta planta. Allí encuentra a Rod asomado, sin camiseta. Sara agita la mano. Rod la ve. Incluso tiene la sensación de que le sonríe pero, en cuestión de un segundo, desaparece.

Desde que penetra en el metro, Sara lamenta haber salido a la calle con esa indumentaria que le alquilaron en la universidad por ochenta dólares al día. Podría haber metido el birrete y la toga en una bolsa y llevarlos discretamente guardados hasta su destino. De esta forma se habría ahorrado que gente desconocida le gritara «congrats» y que un gamberro intentara en el andén descolocarle el birrete a base de toquecitos disimulados con su palo de selfie. Pero a lo hecho, pecho y, una vez que sale a la superficie, siente un gran alivio al descubrir la pradera verde menta formada por los miles de estudiantes de la Metropolitan University of New York que también están a punto de graduarse y que van ataviados igual que ella.

—Felicitaciones, muchacha querida. —Selma se acerca a abrazarla. También viste una toga, pero la suya es burdeos y le queda a ras del suelo. Así, sin pies, la profesora parece más etérea que nunca—. ¿Caminamos al estadio?

—Claro.

En el ambiente hay un jolgorio y unas ganas masificadas de hacer el tonto que animan a cualquiera. Hay incluso puestos donde se reparten banderines gratuitos con el logo de la universidad. Sara coge dos, le ofrece uno a la profesora pero ésta lo rechaza.

—No me quería despedir, querida, sin dejar pasar la oportunidad de hablar contigo. —Selma la lleva hacia una esquina y aprovecha que están más recogidas para colocarse de forma lateral y entornar los ojos como si todo el sol del salvaje Oeste le estuviera pegando en la cara—. Trabajaste bien, muchacha, pero me preocupa que hayas decidido ceñirte a aquellas definiciones de tu escritura que fuimos haciendo en la maestría. —Entonces Sara es consciente: Selma le está haciendo *la muerte tenía un precio*. Eso sí, de forma privada, cosa que agradece—. En el primer semestre me di cuenta de que la comunidad intelectual no te valoraba lo suficiente y me pareció que necesitabas un estímulo, por eso relacioné tu proyecto con alguna gran novela contemporánea.

—Con *La novela luminosa* de Levrero.

—Con la que sea. El problema es que te limitaste a seguir aquel camino, muchacha querida. Todo derechito. Escribiste de aquellos temas que te dijimos que eran interesantes en tu libro: del hispanismo, del funcionamiento de las instituciones literarias... Pero te perdiste tú. Y como imagino que andarás terminando tu proyecto, pienso: ¿qué es lo que de verdad quiere Sara? —Después de esta pregunta que hace refulgir el negro de sus párpados delineados con lápiz de khol, Selma saca su 45 Long Colt y dispara—. Mira, los editores de Savage Books nos escribieron al profesor Mariano y a mí para preguntarnos si sería mejor publicar tu texto o el poemario de tu compañero Alfonso. El caso es que, a pesar de que el libro de Poncho no es muy original, valoramos lo coherente que el muchacho ha sido con sus propias ideas, con su historia e incluso esa iniciativa que ha tenido de crear una distribuidora hispana en este país, que beneficiará a los miembros de la comunidad. Tú todavía necesitas encontrarte, reivindicarte, ser. Pero no te disgustes, muchacha, me consta que tienes una oferta de la editorial Quebranto y te irá bien...

Atraviesan uno de los portones de entrada al estadio y suben a la parte de las gradas asignada a los alumnos del máster de escritura en español. Allí están ya el profesor Mariano, Gladys, Martín, Víctor, Haniel, María Eugenia y Poncho, que ahora vive pendiente del móvil y lo revisa cada dos por tres para asegurarse de que los trabajadores a los que ha contratado —el dominicano evangélico que vive con él y un primo hermano suyo que se ha mudado hace poco a Estados Unidos— no están encontrando dificultades para colocar los libros en los puntos de venta que él les ha marcado.

—Ey, Sara, ¿qué onda? —Le da un beso—. Me veo bien perrón, ¿no? ¿Te gustan mis zapatos? Tú estás linda con el verde.

—Con los faldones estái divino, Ponchito —dice Martín

metiéndose en la conversación—. Cuando querái pincha-
mos y así le pellizco la uva a la Sara.

—Muchachos queridos —interrumpe Selma—, enhorabuena, como ya saben hoy es el final de una etapa, pero lo
importante ha sido el proceso, la comunidad intelectual
que se ha formado...

—Lo importante es que entro al doctorado —dice en
voz baja el de Quebranto al resto de los Illuminati, que acaban de llegar a la grada con sus gafas de sol y que no han
alquilado la toga porque les parece de perdedores—. Quiero ver si, con un pie en la academia gringa, los venezolanos
nos siguen jodiendo.

Comienza la ceremonia. La banda de música se coloca en
medio del césped y toca la marcha de «Pompa y circunstancia». Llega el Illuminato chévere desde el aeropuerto, pide
disculpas por el retraso y saluda a los profesores, a Poncho,
a Sara y a Martín. No le hacen mucho caso porque están
atentos a la pantalla que proyecta en grande al decano
mientras ofrece un discurso sobre el valor de la perseveran-
cia y el esfuerzo para construir entre todos un mundo mejor. Unos escalones más abajo, el resto de los compañeros
cuchichean.

«¿Saben lo que me enteré? Que la que echó palante a La Marica no fue Linda.» «¿Cómo? ¿No fue Linda?» «No, claro que Linda no fue. La conozco bien. Ella sabía que aquellos certificados eran falsos, pero jamás le habría ido con el cuento a los profesores.» «¿Quién fue entonces?» «La mismísima Sara.» «¡Mierda! Me lo imaginaba. Incluso se lo dije a María Eugenia, ¿verdad?» «Sí.» «Lo pensé porque Linda le acabó contando lo de estos certificados al Malinche vendepatria.» «¿A Ponchito?» «Sí, ellos tuvieron un cuento el primer semestre y a Linda, en un momento de pasión, se le escapó. Luego se arrepintió mucho.» «¡Poncho es un bocón!» «Es un tipo chévere pero anda en Belén con los pastores.» «Bocón será, mas bocón enamorado.» «No hagan chistes, esto es muy feo, estamos hablando de que alguien le arruinó la carrera a una compañera.» «No jodás con censuras, María Eugenia, es importante hacer chistes. Tenemos una compañera traidora en este máster. Hay que desahogar, ¿no?» «Yo siempre lo dije: la bruja de Blair.» «Pero ¿están seguros de que fue Sara? Ella es tan linda, tan chatita, con esa sonrisa... De verdad que no lo puedo creer.» «Ay, Gladys, vos siempre cayéndote de un árbol.» «Les digo que sé que fue Sara. Fue a decírselo al profesor Mariano a su despacho y, claro, como La Marica estaba aplicando para el doctorado tuvieron que hablar con el director y tomar medidas.»

«Noooo.» «Sí.» «¿Y por qué habría hecho eso si es su mejor amiga? De verdad me asusta que acusen así a las compañeras.» «Es obvio, María Eugenia: para eliminar a una rival. Che, ¿y se dieron cuenta de qué rápido armó la empresa distribuidora el gordo pelotudo? Yo le pasé los libros de Quebranto porque si va a vender los de la mafia Venezuela, quiero que venda los míos también, pero ¿no les parece que justo coincidió con los días que estuvieron acá los editores gallegos?» «Mira, chamo, yo no sé qué tienen ustedes los argentos en contra de Venezuela, pero tengo que decirte que ya me tienen harto con sus vainas. Estoy seguro de que si no hubiera sido porque su grupito estuvo molestando a Linda y acusándola de haber delatado a La Marica, ella no hubiera recaído.» «Ah, increíble, ahora la culpa de que la chica sea anoréxica la tenemos nosotros.» «No digo eso. Digo que ustedes la jodieron mucho, ella llegó frágil, luego se quedó sin beca Ourworks y, para terminar, ese tema le generó mucho estrés.» «Después de Japón, Argentina es el país con más casos de anorexia.» «Ah, y todos los casos se producen por nuestra culpa, ¿no, Gladys?» «No, claro que no, pero algo no están ustedes haciendo bien en su país.» «Son todos unos envidiosos. ¡Tan mal lo estamos haciendo en el país que nos salen escritores como Borges, Cortázar, Aira, Piglia, Fogwill, Puig...?» «¿Ya vieron? Sólo escritores.

Escritoras, por lo que están diciendo, no tienen. Será que de aguantar al sexo masculino o les da anorexia o se les suicidan, como la Storni o la Pizarnik.» «Pues yo cargo con la culpa que me toca; un día le dije a Linda que tenía tremendo culo. Porque a mí sí me gustan las mujeres bien culonas.» «Callate, Haniel.»

Hay aplausos en todo el estadio y, a juzgar por las caras que predominan entre el público, la ovación se debe a que el decano por fin ha terminado. Toca ahora el segundo discurso: el de una muchacha guyanesa que llegó a Estados Unidos como indocumentada y cuenta cómo, a base de estudio y tesón, ha conseguido graduarse en la escuela de leyes, aunque de momento no haya regularizado su estatus migratorio en el país. El discurso de la guyanesa incluye el relato de una familia monoparental que durante años no pudo permitirse tener electricidad en casa. Enfatiza el ejemplo de superación que para ella supuso su madre, una mujer que trabajaba toda la noche en un *diner* y aprovechaba la luz del día para hacer arreglos de ropa por muy poco dinero a los vecinos del barrio, hasta que consiguió establecerse como diseñadora.

—Che, otra historia de *American dream*.

—Como la del Poncho; que llegó siendo un gordito mexicano y mírenlo ahora: sigue siendo un gordito mexicano pero tiene un poemario nuevo, una novia española con la que va a casarse, el cariño de todo este montón de compañeros ególatras, una empresa y anda más apitutado que ninguno de nosotros, ¿verdad? —dice Martín y le toquetea a Poncho la borla del birrete.

—El que sabe, sabe...

Poncho retira la mano a Martín, amagando una llave de lucha.

—Y, noticia: le van a publicar los de Savage.

Sara le palmea la espalda para parecer emocionada. Pero las buenas noticias que conciernen a la gente querida son siempre menos felices que las que conciernen a uno mismo.

—¿Sí?

—¡Joya!

—Desde España para el mundo... ¡el «*poo*Mario»!

—Chsss... No lo digáis tan alto todavía. Me lo ha dicho ahora Selma, pero ya sabéis que hasta que no recibamos el email de los editores, nada es oficial.

—Tené cuidado, Poncho: las curvas del éxito de J. F. Kennedy y de John Lennon fueron menos pronunciadas que la tuya y mirá cómo terminaron. Te voy a tener que regalar una turmalina negra para que evites males de ojo y envidias.

—Ponchito ya tiene su toga de emperador puesta, así que o le traí pronto la piedra o en cualquier momento lo vemos apuñalado y diciendo: «¡Bruto, hijo mío, también tú!».

—¿Saben que yo escribí una adaptación teatral muy exitosa del *Julio César* de Shakespeare pero ubicado en una comunidad neopagana?

La banda musical tiene poco repertorio. Repite «Pompa y circunstancia». Los organizadores del evento no parecen conscientes de que ese auditorio ha sufrido durante años la presión que supone ser estudiante en una de las universidades más competitivas de Estados Unidos y, al mismo tiempo, pagar a plazos el dineral que cuesta la matrícula. Esos chicos necesitarían menos pompa, poder comprar cerveza en el estadio —y no sólo Coca-Cola o Fanta—, echarse unos bailes, e incluso perrear si se diera el caso. Pero termina la marcha y el decano vuelve al micrófono y a la pantalla grande. Recuerda que entregar los diplomas a los más de cinco mil alumnos que llenan el estadio sería interminable. Por eso se los han enviado por correo certificado a sus casas y únicamente nombrará los programas de estudios para que puedan aplaudir. Comienza: «Global Public Health». Ovación. «Adult-Gerontology.» Ovación. «Primary Care.» Ovación. «Dental Hygiene Program.» Ovación...

«¿Y cómo fue que Poncho consiguió el dinero para la distribuidora?» «Él me dijo que lo sacó de jugar al póker por internet.» «¿Y ustedes le creen?» «Jugar al póker por internet no está prohibido en este país.» «Es verdad, es legal.» «¿No será narco?» «¿Porque es del norte de México?» «Uhhh, eso suena a cliché...» «Da igual de dónde haya sacado el dinero pero, pucha, entonces, *if we put all this in a nutshell*, resulta que seguramente armó la distribuidora para ganarse a los de Savage Books y conseguir que le publiquen.» «Me parece una buena deducción la de Glad.» «¿Glad le dicen ahora a la Gladys? ¿Desde cuándo?» «Se equivocan, yo hablé con Collum y me contó que los editores españoletos estuvieron tomando toda la noche en el Peculier con Poncho y... ¿a que no adivinan con quién más...?»

Víctor señala con la cabeza al grupo formado por el Illuminato chévere, Sara, Martín y Poncho.

«Uy, no, con el chileno... Ya se encargaron de enseñármelo a mí de chiquita; los chilenos comienzan apropiándose de la papa y del pisco y luego se quedan con todo.»

Gladys mira a María Eugenia riéndose. Ésta le da un pescozón cariñoso.

«La verdad que no me sorprende un carajo, Martín se moría por que lo publicaran pero lo de su plagio lo hizo mierda.» «No, chicos, no fue Martín quien estuvo con él en el bar.» «¿Entonces?» «Ay, el Bolaño se nos hace el interesante.»

A modo de respuesta, Víctor vuelve a apuntar con la nariz al grupo de antes.

«¿Ella?» «¿Sara?» «Ah, qué hija de puta, y yo llevo todo el año ayudándola a editar su novela de mierda con ese personaje aburrido del padre fachista y esa abuela ridícula que no sirven para nada en el texto. Además, ¿saben que nos saca como si fuéramos unos pelotudos?» «De María Eugenia dice que trae pelos de gallo y a vos, Haniel, te pone negro.» «De mí dice que me huelen los pies, ¿recuerdan lo que leyó cuando se ganó el Premio de Escritores Americanos en Nueva York?» «Ño, ¿y yo negro? Se pone de pinga. Bueno, me debí haber tirado a la editora de Savage, que tiene las masas en su punto, como a mí me gusta.» «¿Y qué más dice de nosotros esa hueona?» «Si no lo veo no lo creo: María Eugenia insultando a una compañera.» «Es que el apodo de la bruja de Blair se le quedó chico: ¡es la Satanasa!» «Y al parecer se va a casar con Ponchito para conseguir los papeles, ¡ay, no!»

«Journalism.» Ovación. «Philosophy.» Ovación. «East Asian Studies.» Ovación. «Creative Writing»... Esta categoría engloba tanto a los estudiantes del máster en inglés como a los del máster en español. En el graderío asignado a los primeros, aplauden el novio de Víctor, el premio Pulitzer, los colaboradores del *New Yorker*, Sabir Cruz y varias compañeras. En el lado hispano sólo la profesora Selma y el profesor Mariano prestan atención. Se miran y levantan los brazos haciendo una ola deslucida.

Poncho lanza peniques a los vasos de plástico con Coca-Cola de los estudiantes que hay en los peldaños de abajo.

—¿A que la meto? Fui campeón de *beerpong* en mi uni.

—¿Qué es eso?

—¿El *beerpong*? ¿De verdad no sabes qué es? —Poncho disfruta al descubrir todas las experiencias estadounidenses que debe explicarle a Sara—. Es un juego. Pones varios vasos con cerveza y si encestas pelotas de ping-pong dentro, los del otro equipo toman. No sólo fui el ganador, incluso competí en un torneo en Las Vegas.

Esta última información es falsa. La mira con atención. Se lo ha creído. Todavía le sorprende que se trague todas las cosas que él le cuenta.

Antes de que finalice la ceremonia, Poncho hace unas llamadas para controlar su negocio y Sara aprovecha para ir al baño. De nuevo se recoge los bajos de la toga y escala por las gradas hasta encontrar los servicios. En el vestíbulo que divide los baños masculinos de los femeninos se encuentra con el Illuminato de Quebranto.

—Ya casi te tengo la novela. Estoy en el último capítulo.

Sara le sonríe.

—Sos una enana dark —responde él y regresa con el grupo.

Sara no entiende qué mosca le habrá picado. Entra al baño preocupada. Mientras hace pis, piensa en lo que le dijo la profesora Selma: «¿Qué es lo que de verdad quiere Sara?». No le cuesta responderse: ser algo diferente a lo que era en la escuela de escritura, en el barrio de Cuatro Caminos: ser una escritora profesional. Tira de la cadena, se lava las manos. No hay jabón pero sí un espejo lleno de lamparones en el que se mira. ¿Y qué hacen los escritores profesionales? Coge el móvil y escribe un mensaje: «I saw you this morning. I really miss you, Rod». «I saw you too. BTW, you look hot in a toga.» «Do you want to meet at my place after the commencement?» «Maybe...» «Are you still in contact with the hispanic sponsors?» «Which ones? The book sponsors? I am.» Lo que hacen los escritores profesionales es buscar las mejores alianzas posibles. Por eso guarda el móvil, regresa al graderío y le da un beso a Poncho.

Una estudiante de Artes Escénicas está junto a la banda interpretando el himno nacional. Si se la mira en la pantalla puede descubrirse que entre sus virtudes destaca la habilidad de cantar mientras masca chicle. El estadio está en silencio y todos los alumnos circunspectos, con la mano derecha apoyada sobre el corazón, miran hacia el centro del césped, donde ondea una bandera con barras y estrellas. En ese estado de trance se encuentran incluso los del máster en español porque, de alguna forma, sienten que están cumpliendo con una labor patria: la de la defensa del hispanismo intelectual en ese país. Poncho se hace el desinteresado. Toquetea el móvil pero no puede evitar cantar la letra por lo bajo y emocionarse: le parece darse cuenta de que es feliz.

Al terminar el himno, el auditorio aplaude y menea sus banderines. Ahora sí, ha llegado ese momento con el que todos, incluidos los Illuminati, alguna vez han soñado: el lanzamiento de birretes al aire. Sara lidia con las horquillas que le sujetan el gorro al pelo y se prepara para sacarse con Poncho una foto del momento cumbre. Entonces el decano recupera el micrófono, vuelve a aparecer en la pantalla, y da el aviso de que las autoridades universitarias se han visto obligadas a prohibir esta tradición centenaria porque el año pasado un muchacho de Cleveland perdió el ojo a causa de una de las puntas de un birrete volador.

—*The land of the free*. Chingadamadre.

Presentación de mi libro

Saritísima: Queridos compatriotas, querría compartir con vosotros esta gran alegría: el próximo jueves día 5 de septiembre estaré presentando mi novela «Para español, pulse 2» en el bar Peculier de Manhattan. (Abajo podéis ver la portada, la sinopsis y la localización.) Se trata de un evento patrocinado por chocolates Carlos V y jabón Hispano al que estáis todos invitados. Habrá cóctel. ¿Os lo vais a perder?

Adrián Glez Maz: por que en la portada han puesto a la estatua de la libertad con un traje de lunares? que pasa, que los españoles somos lolailo, toros y pandereta?

Stefania Medina: Yo digo que si querían representar a España hubiera sido mejor que la estatua saliera con la bandera.

Mario Esquivia: no me malinterpreten, me encanta ser español, pero opino que la bandera y el himno necesitarían actualizarse.

Jamal Velasco Abdl: ¡la republicana!

Marina Sayols: Cuidao, **Jamal Velasco Abdl**, que te metes en terreno pantanoso.

Cris Abreu Saltós: La senyera.

Juan. Ma: Saritísima, cariño, tienes cara de chupapollas.

Existo porque quiero: por este tipo de discusiones absurdas que tenemos en este grupo, los españoles seguiremos siendo siempre unos segundones.

Tanausú Trejo: Yo estoy interesada.

Aída Ruiz: y yo.

Benito Torralba Carballa: ¿En qué consistirá el cóctel?

Rosendo Fernández Oli: invítate a unos jamoncitos ibéricos, **Saritísima**.

Existo porque quiero: ¿no sois capaces de responder algo normal? No sé: gracias por la invitación, cuenta conmigo... Mira que os gusta polemizar. Me ponéis enferma.

Soraya López Merín: Tómate un Ibuprofeno.

Índice

© Sheila Melhem

Sara Cordón (Madrid, 1983) estudió un máster en Humanidades en la Universidad Carlos III, un máster de Escritura Creativa en la New York University y actualmente cursa un doctorado en literaturas hispánicas en City University of New York. Sus relatos han aparecido en las revistas neoyorquinas *Los Bárbaros, Viceversa y Temporales*. Dirige la editorial neoyorquina Chatos Inhumanos. Ganó el premio de relato Cosecha Eñe 2017.

CABALLO DE TROYA

Entra en la ciudad sitiada y descubre las nuevas voces
de la literatura hispánica

En febrero de 2004 Caballo de Troya anunció la salida de sus primeras novedades y mostró sus señas de identidad: un sello con perfil de editorial independiente integrado paradójicamente en un gran grupo. Hoy se puede afirmar que dicha paradoja ha funcionado con eficiencia y sin contradicciones. Caballo de Troya, que tiene como principal objetivo servir como plataforma editorial para nuevas voces literarias hispánicas, ha puesto un centenar de títulos en el mercado español con una muy favorable acogida por parte de la crítica más atenta y de los puntos de venta con mayor tradición y relevancia literaria.

Fundado por Constantino Bértolo, el sello ofreció a autores españoles o latinoamericanos reconocidos hoy en día hospitalidad, apoyo o un primer impulso. En 2014 el proyecto tomó un nuevo rumbo: cada año un editor invitado es el encargado de sumar sus apuestas al catálogo. Caballo de Troya es hoy una referencia entre los autores más jóvenes y más ambiciosos literariamente. Una editorial para nuevas voces, nuevas narrativas, nuevas literaturas.

AÑO 2015: ELVIRA NAVARRO

«He privilegiado las ficciones que establecían un diálogo crítico con el presente. La mayoría de los libros que he seleccionado tratan sobre la identidad y las herencias en todas sus variantes, temas estos que también protagonizan mis escritos.»

La cosecha de Elvira Navarro dio con uno de los éxitos más destacados de la editorial: *El comensal* (Premio Euskadi de Literatura), una novela autobiográfica en la que Gabriela Ybarra trata de comprender su relación con la muerte y la familia a través de dos sucesos: el asesinato de su abuelo a manos de ETA y el fallecimiento de su madre. Algunas de las obras que conforman el año de Elvira Navarro versan también sobre las herencias políticas y familiares, teniendo el conjunto de su catálogo los legados como hilo conductor.

TÍTULOS PUBLICADOS

La edad ganada,
Mar Gómez Glez

Sin música,
Chus Fernández

Yosotros,
Raúl Quinto

La vida periférica,
Roxana Villarreal

Fuera de tiempo,
Antonio de Paco

El comensal,
Gabriela Ybarra

Meteoro,
Mireya Hernández

Filtraciones,
Marta Caparrós

AÑO 2016: ALBERTO OLMOS

«Pretendo que el conjunto de los títulos que se publican bajo mi interinidad conforme un despliegue coherente, un discurso; una conversación.»

Alberto Olmos cuenta entre sus apuestas como editor de Caballo de Troya con el IV premio Hispanoamericano de Cuento Gabriel García Márquez. Los relatos de *El estado natural de las cosas* se adscriben en el género fantástico, pero lo modulan y deforman para volverlo a su vez denuncia y retrato de los tiempos que nos ha tocado vivir. Un éxito similar ha tenido *La acústica de los iglús*, conjunto de cuentos en los que la matemática de la música y de la vida arrojan el resultado sonoro que registra la mirada única de su autora. Las cuatro novelas que cierran las apuestas de Olmos se suman al diálogo que quiso abrir como editor, una conversación sobre el pasado, sobre la corrupción moral y política; un diálogo lírico sobre la supervivencia y la comprensión.

TÍTULOS PUBLICADOS

La pertenencia,
Gema Nieto

Los primeros días de Pompeya,
María Folguera

La fórmula Miralbes,
Braulio Ortiz Poole

El estado natural de las cosas,
Alejandro Morellón

La acústica de los iglús,
Almudena Sánchez

Felipón,
David Muñoz Mateos

«Hay algo que atraviesa cada libro que he escogido y los une: la voz de cada uno, la búsqueda de comunicar a través de lo literario, el grito que la narrativa supone en la vida del escritor. Por eso están ahí.»

Lara Moreno inauguró su año en Caballo de Troya con *La hija del comunista*, reconocida con el premio El Ojo Crítico. Esta novela íntima atravesada por la Historia cuenta la vida de unos exiliados republicanos españoles en Berlín, antes de la construcción del muro, durante y después de su caída. Cruzadas en su práctica totalidad por las experiencias personales de sus autores, las obras seleccionadas por Lara Moreno comparten una voluntad de entender. Sus autores interrogan a su pasado o a su presente rebuscando en las raíces de su familia, en situaciones laborales llevadas al límite o en los rincones del mundo y la literatura que acaban conformando nuestros destinos individuales.

Si te ha gustado *Para español, pulse 2,* te recomendamos:

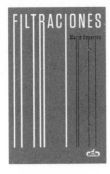

AÑO 2015: ELVIRA NAVARRO
FILTRACIONES
Marta Caparrós

Los personajes de las cuatro *nouvelles* que conforman este volumen no son activistas, sino treintañeros que bailan al ritmo de la precariedad laboral. Una periodista que se queda embarazada, una joven que trata de rehacer su relación de pareja al tiempo que se mete a sindicalista, un profesor de idiomas en paro que recibe la visita de un padre que observa cómo su hijo malvive con su novia en un piso en el que apenas caben, y dos amigos a los que la estancia en Berlín se les convierte en exilio forzoso. La inestabilidad radical en la que estos personajes habitan y su pérdida de estatus dan pie a reflexionar sobre las nuevas identidades, que ya no están definidas por la profesión y la familia. Y es que nos encontramos, en fin, ante una radiografía de lo que se ha dado en llamar «precariado». Con una escritura de ecos gopeguianos, Marta Caparrós debuta con un libro impecable, adictivo y sumamente inteligente.

AÑO 2016: ALBERTO OLMOS
LOS PRIMEROS DÍAS DE POMPEYA
María Folguera

En el Madrid de los años más duros de la crisis, capital de la lava y la ceniza financieras, dos mujeres denuncian la bancarrota moral con una performance de alto riesgo. María Folguera traza en *Los primeros días de Pompeya* una suerte de pasadizo histórico entre dos mitos: la Pompeya que sepultó el Vesubio y el Madrid que pudo sepultar EuroVegas. Si la ciudad romana sufrió un volcán, Madrid sufrió a su Presidenta. Por el escenario de esta ucronía política transitan actores, dramaturgos y artistas callejeros; pero también consejeros y correveidiles, falsos terroristas y, sobre todo, un falso autónomo, que quizá sea el Segismundo de nuestro tiempo. Todo es teatro; todo, representación. María Folguera se lanza a hablarnos de lo íntimo y de lo público, de la mujer y de sus decisiones cruciales, de precariedad y de empeño artístico; del telón que muchas veces hay que atreverse a bajar.

AÑO 2017: LARA MORENO
TELEVISIÓN
María Cabrera

El 12 de enero de 2013, aprovechando la situación de crisis económica creada en España (la reforma laboral, los recortes, la aceptación y la pesadumbre...) tuvo lugar un ERE brutal en el que echaron a 861 trabajadores del ente público Radio Televisión Madrid. Aquella noticia, los hechos que tuvieron lugar entonces y los que se desencadenaron después son la base de esta novela. La amenaza sobrevolando desde hacía años un edificio gigante, el comienzo de la operación de desmantelamiento –presiones, denuncias, huelgas–, el pulso que los trabajadores mantuvieron contra la empresa y las personas que se fueron quedando del otro lado. Después, la incursión de una nueva gestión, los fantasmas y la culpa continuaron por esa brecha abierta. Con una prosa distinta, punzante y limpia, María Cabrera nos lleva por este retrato de una crisis de una forma íntima y literaria, alejándose por momentos de la crónica social y zambulléndonos en las vidas y las palabras de los personajes que, de forma coral, dan vida a este libro. Esta ficción quiere ser, ante todo, memoria.

CABALLO DE TROYA

Para entrar o salir de la ciudad sitiada

Otros títulos publicados:

Palestina. El hilo de la memoria. *Teresa Aranguren*

Una Mujer Sola. *Isabel Blare*

El malestar al alcance de todos. *Mercedes Cebrián*

Carrera y Fracassi. *Daniel Guebel*

Los mercaderes en el templo de la literatura. *Germán Gullón*

Lo que no da igual. *María A. Delgado Mansilla*

Unas vacaciones baratas en la miseria de los demás. *Julián Rodríguez*

Los comedores de tiza. *Óscar Aibar*

Dados blancos. *Alfonso Pexegueiro*

El dueño del trigo. *Pilar Cibreiro*

Sorbed mi sexo. *Milo J. Krmpotic´*

Los años de aprendizaje de María V. *Ángeles Valdés-Bango*

La época del agua. *Elena Belmonte*

El Cantar de Gamyl. *Javier Pascual*

Tres historias europeas. *Lolita Bosch*

Todos los caminos conducen al laberinto. *Alberto Sampablo*

El año que tampoco hicimos la Revolución. *Colectivo Todoazen*

Trece por docena. *Varios autores*

El esqueleto de los guisantes. *Pelayo Cardelús*

Curso de librería. *Fernando San Basilio*

La expectativa. *Damián Tabarovsky*